canim-verlag

Über die Autorin

Hinter der Autorin Michelle Schrenk steckt eine 1983 geborene Wassermannfrau, die es liebt zu träumen, und es hasst, Zwiebeln zu schneiden. Sie wohnt in der Nähe von Nürnberg und hofft, ihren Lesern mit traumhaften Geschichten Glücksmomente zu bescheren. Ihr ganzes Glück besteht aus ihrem Mann, den beiden Kindern und ihrem Hund.
Mit ihren Romanen, dem Mutmachbuch »Die Suche nach dem verlorenen Stern« sowie drei Kinderbüchern hat sie sich ihren Traum vom Schreiben erfüllt.

Mehr über mich und meine Bücher im Internet auf:
www.michelleschrenk.de

Mehr aus meinem Leben gibt's auf Facebook:
www.facebook.com/MichelleSchrenkAutorin

Michelle Schrenk

Strandküsse und andere Turbulenzen

Roman

canim-verlag

1. Auflage, 2017

ISBN 9781521745724

Danke an alle Partner, ohne deren Unterstützung dieses Buch nicht möglich gewesen wäre:

Idee und Text:
Michelle Schrenk, www.michelleschrenk.de

Cover-/Umschlaggestaltung:
Buchgewand, www.buch-gewand.de
Fotos: © Natchapon / fotolia, © roman4 / fotolia, © XtravaganT / fotolia, © sergio34 / fotolia, © tamiris6 / fotolia, © elenamedvedeva / fotolia, © wedphoto / fotolia

Lektorat und Redaktion:
Susanne Jauss, www.jauss-lektorat.de

Grafiken im Innenteil des Buches: Schriftarten Beach Bats (Manfred Klein) und Summer Icons (Woodcutter); Quelle: www.dafont.com

Für alle,
die Lust auf Sommer haben

Ein schlechter Scherz

»Kannst du das bitte noch mal sagen? Bei dir rauscht es so im Hintergrund, und hier ist es auch ganz fürchterlich laut.«

Ich stehe am Bahnhof in Nürnberg, am Handy meinen guten Kumpel Thomas, der eigentlich längst mit mir und den beiden schweren Koffern am Gleis stehen sollte. Er nuschelt unverständliches Zeug in mein Ohr, während um ihn herum offensichtlich wildes Treiben herrscht.

»Hallo Thomas, wo bist du? Der Zug fährt in einer Viertelstunde! Wir haben doch gesagt, dass wir uns hier treffen.«

Jetzt wird es stiller, er hat wohl den Platz gewechselt. »Also es ist so ...«

Tief durchatmen, Rike. Er wird bestimmt gleich kommen.

»Ja, was denn? Soll ich schon mal reingehen?«

»Herrje, das ist jetzt echt nicht leicht!«

Ich starre auf die Anzeigetafel, wo unser Zug nach Hamburg schon längst zu sehen ist.

»Also ich mache es kurz.« Er räuspert sich.

Was soll denn das Theater? Er weiß doch, dass unser Zug nicht wartet!

»Weißt du, ich ... ich habe mich verliebt, in eine unglaubliche Frau, und ich ... ich kann jetzt einfach nicht hier weg ...«

Keine Ahnung, was er sonst noch sagt, denn in meinen Ohren klingelt und rauscht es jetzt noch heftiger, aber diesmal sind seine Worte daran schuld. Das ist doch wohl ein schlechter Scherz?

»Wie bitte, was hast du gerade gesagt? Ich glaube, ich habe das akustisch nicht verstanden«, versuche ich, die Situation zu retten. Vielleicht habe ich mich ja tatsächlich verhört.

Doch schon im nächsten Moment muss ich feststellen, dass ich ihn nicht falsch verstanden habe.

»Es fällt mir wirklich nicht leicht, Rike. Aber sie ist toll, richtig unglaublich. Gestern ist sie auf dem Sommernachts-Open-Air einfach in mich hineingelaufen. Sie spielt Cello, und ich habe solche Schmetterlinge im Bauch. So was ist mir noch nie passiert. Du kennst mich, ich bin immer skeptisch, aber das hier ... Wir haben uns gesehen, und es war um mich geschehen. Glaub mir, sie ist die Eine.«

Ich kann nicht glauben, was er mir da gerade erzählt. »Das ist jetzt nicht dein Ernst, oder?«

Doch Thomas lässt sich nicht beirren. »Wirklich, sie ist es. Die Eine. So wie in dem Song der *Firma*: die Eine oder keine.«

Jetzt verliere ich schon etwas die Nerven. »Wie auch immer, das mit diesem Urlaub war deine bescheuerte Idee. Du hast mich dazu überredet, kannst du dich noch daran erinnern? Nein, nicht nur überredet, geradezu bekniet hast du mich, dass wir zusammen an die Nordsee fahren! Und jetzt willst du mich einfach so hier am Bahnhof stehen lassen?«

»Ich weiß, ich weiß, und ich wäre auch wahnsinnig gerne mit dir gefahren. Aber ich möchte meine freie Zeit jetzt unbedingt mit ihr verbringen. Denn sie ist nur den Sommer über hier. Wir haben überlegt, einfach ins Auto zu steigen und loszufahren, in die Berge vielleicht. Glaub mir, ich mache das nicht, um dich zu verletzen, und es tut mir auch wirklich schrecklich leid. Aber ich hoffe, du verstehst mich.«

Ja, schrecklich ist das Ganze allerdings. Hätte ich die Koffer nicht neben mir auf dem

Boden stehen gehabt, sondern in der Hand getragen, wären sie jetzt mit voller Wucht auf den Bahnsteig geplumpst. Ich habe Thomas ja vieles zugetraut, aber mich jetzt einfach hier stehen zu lassen, so unmittelbar vor der Abfahrt …

Weil ich ihm keine Antwort gegeben habe, spricht er weiter. »Hör mal, vielleicht tut dir die Zeit alleine auch mal ganz gut. Du kannst ausspannen und einfach mal loslassen, versuchen, Spaß zu haben …«

»*Wir beide* wollten Spaß haben, schon vergessen?«

Warum habe ich mich nur auf diese Schnapsidee eingelassen, mit ihm in den Urlaub zu fahren? Es war an diesem verrückten Abend, an dem wir zu viel Wein hatten, ich sentimental wurde und mich an meinen einzigen Urlaub am Meer erinnert habe. Damals mit Mama und Oma, da war ich glücklich gewesen. Damals, als wir drei zusammen an der Nordsee waren, hatte ich mich wirklich gut gefühlt. Aber wie immer war es nur von kurzer Dauer. Und im Nachhinein erschien es mir wie ein schöner Traum.

Doch plötzlich war da dieser Gedanke von Thomas, wirklich wegzufahren. Er war gleich Feuer und Flamme, denn er wollte schon lange mal wieder ans Meer, zum Radfahren. Und er gab keine Ruhe, bis wir uns schließlich durchs Netz klickten und irgendwann auf der Seite dieser Pension mit dem hübschen Namen *Sommertraum* landeten. Sie sah auf den wenigen Fotos wirklich schön und einladend aus.

Meine beste Freundin Jana, die an diesem Abend ebenfalls dabei war, meinte, es sei Schicksal. »Das passt so toll, Rike«, schwärmte sie und las mir immer wieder den Text vor, mit dem die Pension im Internet beworben wurde:

> *Ab und zu muss man ans Meer fahren, um zu verstehen, wie unendlich weit das Leben ist. Die Pflichten einfach mal hinter sich lassen und begreifen, dass der großen Freiheit nichts im Wege steht – außer man sich selbst.*

Eigentlich hätte ich Jana auch gerne mitgenommen, doch sie plant eine längere USA-Reise mit ihrem Freund Richie und spart darauf.

Und so haben Thomas und ich schließlich gebucht.

Am nächsten Tag allerdings war ich von der Idee schon nicht mehr so begeistert. Doch nachdem Herbert, mein Chef in der Agentur, sowieso der Meinung war, ich müsse endlich mal meine Überstunden abfeiern, habe ich die Buchung dann auch nicht mehr rückgängig gemacht.

Doch da wusste ich noch nicht, wie die Sache endet, dass ich plötzlich alleine am Bahnhof stehe.

»Weißt du eigentlich, was du da machst?«, blaffe ich Thomas an. »Dir ist schon klar, dass ich bereits am Bahnsteig auf dich warte?«

Ich lasse meinen Blick über die Gleise schweifen. Vielleicht springt Thomas ja doch noch jeden Moment um die Ecke und ruft: »Reingefallen – versteckte Kamera! Du solltest mal deine Augen sehen. Und wie dir die Haare zu Berge stehen …«

Doch da ist niemand, der um irgendeine Ecke gesprungen kommt. Und eine Kamera ist auch nicht in Sicht.

»Das kannst du doch nicht machen!« Zu meiner Wut gesellt sich jetzt auch noch ein Anflug von Verzweiflung.

»Ich weiß, es ist etwas kurzfristig …«

Ja, das kann man in der Tat so sagen.

»Aber so ist das Leben eben. Die Liebe hat mich voll erwischt.«

Ich bringe ihn um, mein Entschluss steht fest. Felsenfest.

»Ich bin sicher, du hast trotzdem eine tolle Zeit und ganz viel Spaß. Und du hast jetzt diese hübsche Muschelsuite, die du unbedingt buchen wolltest, ganz für dich allein. Wie du ja weißt, schnarche ich ziemlich laut.«

Also ehrlich! Ich weiß nicht, was ich sagen soll.

»Bestimmt wird es auch ohne mich ein toller Urlaub. Spanne aus, tanke Ruhe. Fühl dich einfach wohl. Das hast du dir verdient, du Arbeitstier!«

Hat er das ernst gemeint? Ich soll ausspannen, Ruhe tanken? Ja, dafür wird die acht Stunden lange Zugfahrt sicher hilfreich sein.

»Wir machen es uns ganz gemütlich und richtig lustig, du wirst schon sehen.« Mit diesen Worten hat er mir seinerzeit die unendlich lange Fahrt schmackhaft gemacht.

Am liebsten würde ich ihn jetzt mit einem Seil hinten am Zug anbinden und die ganzen acht Stunden lang mit durch die Gegend schleifen. Das wäre sicher ein sehr gemütliches Erlebnis. Die reinste Erholung.

»Du, ich muss jetzt leider auflegen, Maike ist mit dem Kaffee zurück. Wir hören uns später, okay?«, sagt er bereits, noch bevor ich mir eine entsprechende Antwort zurechtgelegt habe. »Erhol dich schön und genieße die Reise.«

Irgendjemand kichert im Hintergrund, eine Frau – ganz sicher *die* Frau. Die Eine. Maike! Ja, das Ganze ist schon irgendwie zum Lachen. Nur leider nicht für mich.

So war das echt nicht geplant. Ohne lange nachzudenken, hieve ich die beiden Koffer alleine in den Zug, dabei fluche und murmle ich alles Mögliche vor mir her. In der ganzen Aufregung schleppe ich mich samt Gepäck in die falsche Richtung und merke es erst, als ich am Ende des engen Ganges angekommen bin. Also alles wieder zurück.

Irgendwie erreiche ich unsere reservierten Sitzplätze dann doch und wuchte erleichtert die Koffer nach oben ins Gepäckfach. Natürlich hilft mir dabei niemand, schon gar nicht der dicke ältere Herr gegenüber, der mich auffallend mustert. Und schließlich kommt es, wie es kommen muss: Einer der beiden Koffer rutscht mir aus der Hand und plumpst mir beinahe auf den Kopf, ich bekomme ihn gerade noch zu fassen. Mein Herz rutscht mir in die Hose.

»So eine Scheiße! Alles Mist!«, entfährt es mir, woraufhin eine Frau im rosa Häkeljäckchen, die in irgendeiner Illustrierten blättert, vorwurfsvoll den Kopf schüttelt.

Schließlich schaffe ich es doch, das blöde Ding zu verstauen, und lasse mich erleichtert in meinen Sitz fallen. Doch als ich den leeren Platz neben mir sehe, trifft es mich mit voller Wucht. Ich werde alleine in den Urlaub fahren, in einen Urlaub, auf den ich eigentlich gar keine Lust habe. Der in einer weingeschwängerten Nacht geboren wurde, weil ich kurz mal sentimental geworden war.

Gut, ich könnte jetzt natürlich einfach kehrtmachen und alles absagen. Genau wie Thomas die Reise nicht antreten. Noch hat sich der Zug ja nicht in Bewegung gesetzt. Und ich denke auch wirklich kurz darüber nach, verwerfe den Gedanken jedoch schnell wieder. Schließlich ist die ganze Reise ja schon bezahlt.

Außerdem habe ich keine Lust auf das Gerede in der Agentur, wenn ich ankomme und frage, ob ich trotz Urlaub doch arbeiten darf. An das Gesicht meiner überheblichen Kollegin Jenny will ich gar nicht denken. Ständig will sie mit mir konkurrieren. Wer findet die besseren Events, wer macht sich unentbehrlicher? Und zwei Wochen nur zu Hause? Mir würde die Decke auf den Kopf fallen.

Pfff, ich mache jetzt einfach das Beste daraus. Ich werde mir das nicht von Thomas verderben lassen, sondern den unglaublichsten

Urlaub aller Zeiten erleben, versuche ich mir einzureden. Trotzdem würde ich Thomas jetzt am liebsten verfluchen, mitsamt diesem bescheuerten Abend, an dem wir das mit dem Urlaub beschlossen haben.

Tränen der Wut und Enttäuschung stehlen sich in meine Augen, aber ich will nicht weinen. Nicht hier vor all den Menschen. Also reiße ich mich zusammen und versuche, die Tränen wegzublinzeln.

Um mich abzulenken, zücke ich mein Handy, checke meine E-Mails, meinen Facebook-Account, Instagram, Snapchat und all die anderen Social Media Kanäle, in denen ich mein virtuelles Leben teile. Mich lenkt das einfach ab. Und ich habe Spaß daran.

Jana würde jetzt sagen, dass ich ganz schön süchtig bin und das doofe Ding auch hin und wieder mal weglegen soll. Sie hält nicht wirklich was von diesem ganzen Kram mit Facebook und den anderen sozialen Medien. Gut, sie nutzt WhatsApp, weil es natürlich einfacher ist, um in Kontakt zu bleiben, aber ständig Privates zu posten, hält sie für völlig überbewertet.

Sie hat recht, ich klicke vielleicht etwas zu oft in den sozialen Netzwerken herum, aber ich bin es alleine schon durch meine Arbeit gewöhnt, immer erreichbar zu sein. Immer auf der Suche nach den neuesten Trends. Und es stört mich auch nicht. Ich schaue gerne, was sich auf den Profilen meiner Freunde so abspielt, und ich freue mich über Likes und Däumchen zu meinen eigenen Beiträgen. Zugegeben, ich hänge viel am Handy, aber ich kenne es schon gar nicht mehr anders.

Nachdem ich alles aufgerufen, abgerufen und angesehen habe, was mich auch wirklich abgelenkt hat, klicke ich auf WhatsApp. Eine Nachricht ist von Thomas.

Sei bitte nicht böse, Rike, aber ich musste mich einfach so entscheiden. Noch weiß ich nicht, was daraus wird, aber wenn ich es nicht versuche, dann werde ich es nie erfahren. Mein Bauchgefühl sagt mir aber, dass es richtig ist.

Rasch klicke ich die Nachricht weg und öffne die nächste. Herbert, mein Chef, schreibt mir, dass ich mich wirklich mal entspannen solle, Jenny habe in der Agentur alles unter Kontrolle. Na wunderbar. Sehr beruhigend.

Und schließlich ist da noch eine Nachricht von Jana.

Wehe, du genießt deinen Urlaub nicht. Es wird Zeit, dass du mal abschaltest. Urlaub ist Urlaub. Also lass die Seele baumeln und denk an alles, was wir besprochen haben. Entspannung kann so schön sein. Und mit Thomas wird es sicher lustig werden. Grüße ihn lieb von mir.

Die Nachricht ist gespickt mit allen möglichen Smileys. Jana liebt es besonders, Herzen und Küsschen zu verschicken.

Genervt rolle ich mit den Augen. Ich hätte die Sache mit diesem Urlaub doch bleiben lassen sollen. Solche emotionalen Handlungen und Entschlüsse sind einfach nicht gut für mich. Aber schön, das habe ich nun davon. Irgendwie wird mir bei dem Gedanken übel, dass ich jetzt vierzehn Tage alleine an der Nordsee versauern werde.

Genau in diesem Moment erreicht mich eine weitere Nachricht von Jana.

Ich wünsche euch einen ganz tollen Urlaub, meine liebe Rikemaus. Lasst es euch gut gehen. Und zweifle nicht mehr daran. Ja, es war eine spontane Idee, aber vielleicht hat dich ja dein Unterbewusstsein auf Reisen geschickt. Ich denke an dich. Küsschen.

Jana ist immer so herzlich und will jeder Situation etwas Gutes abgewinnen. Dabei sehe ich gerade das Ganze alles andere als positiv. *Rikemaus*, so nennt sie mich immer, und mit einem Mal wird mein Magen doch ganz schwer, und ich kann die Tränen nicht mehr zurückhalten. Das alles ist so was von schrecklich. Männer sind schrecklich – selbst die, mit denen man gar nicht zusammen ist. Urlaub allein ist schrecklich. Und so viele Stunden im Zug zu sitzen, ist einfach nur mies, mies, mies.

»Brauchen Sie ein Taschentuch, junges Fräulein?« Der dicke Herr mir gegenüber beugt sich nach vorne und reicht mir eine Packung.

Erst zögere ich, doch dann greife ich danach. Na gut, das war jetzt schon zuvorkommend von ihm, auch wenn er mir vorhin mit den Koffern nicht helfen wollte.

»Danke schön. Mein Heuschnupfen, wissen Sie«, sage ich schniefend und versuche, mich zu erklären, obwohl ich das ja gar nicht müsste.

Aber irgendwie versuche ich immerzu, mich zu erklären. Das ist so eine blöde Macke von mir. Wenn ich zum Beispiel an der Wursttheke stehe und Gelbwurst verlange, erkläre ich, dass ich diese schon immer gerne mochte. Wenn ich zu spät komme, sage ich immer, warum. Weil die Bahn Verspätung hatte oder ich zu lange geduscht habe. Weil die Schlange bei *Starbucks* so lang war. Ja, ich weiß, manchmal treibt mich das selbst in den Wahnsinn, und ich versuche auch mein Bestes, um mir das abzugewöhnen.

Der Mann lächelt mir zu und zeigt auf mein Handy. »Schon gut. Wissen Sie, ich war auch immer viel unterwegs, und wenn man jemanden, den man liebt, zurücklassen muss, ist das nie schön. Bahnhöfe haben immer so etwas Trauriges und gleichzeitig Wundersames. Sie erzählen vom Aufbruch, vom Neuanfang und vom Ankommen gleichermaßen. Sie sind voller Geschichten.« Er wirkt nun ganz in Gedanken versunken.

Gerade als ich noch über seine Worte nachdenke, mischt sich die Frau mit dem rosa Häkeljäckchen, die auf der anderen Seite des Ganges sitzt, ein. »Ja, ja, aber lassen Sie sich eines gesagt sein, Kindchen: Das mit diesen Fernbeziehungen klappt doch sowieso nie. Ich habe eine Bekannte, deren Mann praktisch über Jahre hinweg zwei Beziehungen geführt hat. An jedem Ort eine andere. Na ja, ich will Ihnen nicht Ihre Illusionen zerstören, aber man kann nie vorsichtig genug sein ...«

»Das ist wirklich nur meine Allergie – ich habe keine Fernbeziehung oder sonst was«, falle ich ihr ins Wort und ziehe demonstrativ ganz laut die Nase hoch.

Ich werde sicher niemandem hier im Zug aufs Auge binden, dass ich vor nicht einmal einer Viertelstunde von einem Mann sitzen gelassen wurde, der nicht mal mein Freund ist. Und dass mich das zwar schmerzt, aber dass mich die Tatsache, jetzt hier mit diesem Zug in den Urlaub zu fahren, noch mehr beunruhigt. Weil ich eigentlich gar keine Lust auf Urlaub habe, weil mich das alles überfordert. Mich würde ja jeder für verrückt halten. Hallo? Urlaub? Ausspannen? Jeder liebt das.

Jana ist überzeugt, dass es an meiner Kindheit liegt, dass ich so geworden bin. Wobei ich es immer merkwürdig finde, wenn sie *so geworden* sagt, das klingt so negativ. Ich meine, es sind doch nicht alle Menschen gleich. Ich bin eben nicht der Typ, der sich entspannt.

Aber sie hat recht, es liegt vielleicht wirklich daran, dass ich schon als Kind nie wirklich irgendwo zu Hause war, sondern immer unterwegs. Meine Mutter hatte nämlich viele wechselnde Partner, ständig neue Jobs, und irgendwie fand sie immer einen Grund, nie länger als zwei Jahre – das war das Höchste der Gefühle – an einem Ort zu bleiben. Warum auch, wenn man irgendwann ja sowieso wieder von dort wegmuss.

Irgendwo den Anker auszuwerfen, ist auch mir bislang nicht in den Sinn gekommen. Gut, in Nürnberg bin ich jetzt schon seit zwei Jahren, und ich fühle mich dort auch wohl. Ich mag Thomas und natürlich Jana, die nicht weit entfernt von mir wohnt und die ich schon kenne, seit ich mit vierzehn für eine Weile mit meiner Mutter in der Stadt gelebt habe. Sie ist die einzige Konstante in meinem Leben.

Der dicke Mann schüttelt den Kopf. »Ach, ich sehe das anders. Fernbeziehungen können sehr wohl klappen. Wenn man den Menschen gefunden hat, bei dem man sich zu Hause fühlt, kommt man immer wieder zurück. Dann ist man auch bereit, einfach mal etwas zu wagen. Aber das muss jeder für sich selbst entscheiden.« Er lächelt vielsagend und wendet sich wieder seiner Zeitung zu.

Erleichtert, dass das Gespräch für ihn damit wohl beendet ist, nehme ich erneut mein Handy und klicke darauf herum. Vielleicht kann ich ja noch ein paar Mails beantworten. Während ich das tue und dabei hin und wieder zu

Facebook abschweife, drehen sich meine Gedanken. Alleine in den Sommerurlaub zu fahren, ist wirklich so fürchterlich.

Da fällt mir ein, dass ich Jana noch gar nicht erzählt habe, was passiert ist. Sogleich fange ich an, eine Nachricht in WhatsApp zu tippen:

Das habe ich nun davon, dass ich mich von Thomas, diesem Schussel, zu diesem Urlaub breitschlagen ließ. Ganz kurz vor der Abfahrt hat er mich einfach am Bahnhof versetzt. Er hat sich verliebt und meinte, er müsse einfach bei ihr bleiben. Jetzt muss ich ganz alleine acht verdammte Stunden im Zug totschlagen. Inklusive eines älteren Herrn mit seinen Lebensweisheiten und einer Frau in einem rosa Häkeljäckchen, die mich ansieht, als käme ich vom Mars. Ach, warum bin ich überhaupt gefahren? Wie soll ich diese zwei langen Wochen nur überleben?

Ich drücke auf *Absenden* und warte einige Zeit, aber die Häkchen neben der Nachricht werden nicht blau. Sicher ist Jana gerade beschäftigt. Sie arbeitet als Krankenschwester im Städtischen Klinikum und ist nur schwer zu erreichen, wenn sie Dienst hat.

Eine Weile starre ich das Handy noch an, aber als sich nach fünf Minuten immer noch nichts getan hat, lege ich es zur Seite und versuche, mich zu entspannen, was mir absolut nicht leicht fällt.

»Okay, Schätzelchen, so machen wir es. Klar freue ich mich, wenn wir uns wiedersehen. Sag das auch der Süßen.«

Schätzelchen? Süße?

Die Stimme eines Mannes erregt meine Aufmerksamkeit, und ich richte meinen Blick in seine Richtung. Das Handy zwischen Schulter und Ohr geklemmt, fischt er gerade seine Fahrkarte aus der Hosentasche und betrachtet sie.

»Ich bin jetzt im Zug ... Glaub mir, ich bin froh, bald zurück zu sein. Diese Messe war ganz nett, aber auch wirklich anstrengend ... Ja, ich muss jetzt auflegen. Bis später.«

Mit dem Ticket in der Hand wendet er sich an den dicken Herrn mir gegenüber, der mittlerweile in seine Zeitung vertieft ist. »Entschuldigung, ich glaube, das ist mein Platz«, sagt er freundlich und reicht ihm seine Fahrkarte.

Der Herr rückt seine Brille zurecht und lässt seine Augen über das Ticket wandern. »Tatsächlich. Na so was, da habe ich wohl die

Sechs mit der Neun vertauscht.« Während er die Zeitung zusammenrollt, lächelt er mir zu. »Na, dann machen Sie es mal gut, meine Liebe.«

Ich muss zusehen, wie er sich ein paar Plätze weiter wegsetzt und der andere Mann sich gegenüber von mir breitmacht.

»Hallo.« Seine Stimme ist ein wenig rau, was irgendwie zu ihm passt, zu ihm und seinen meerblauen Augen, der gebräunten Haut und dem kantigen Gesicht. Die blonden Haare reichen ihm bis zum Nacken, und auf seinen Wangen zeichnet sich ein leichter Dreitagebart ab.

»Hallo«, antworte ich, und unsere Blicke treffen sich.

Im selben Moment macht es wieder *Pling* an meinem Handy, und ich greife danach. Irgendjemand hat einen Beitrag von mir kommentiert, und ich habe eine Nachricht von einer Frau, die wissen möchte, wie das mit den exklusiven Events bei uns in der Agentur funktioniert. Schließlich noch ein *Pling*, diesmal mit einer Nachfrage eines Kunden.

Ich tippe auf meinem Handy herum, um die Nachrichten zu beantworten. Wenigstens habe ich jetzt ein bisschen Ablenkung, und die Zeit vergeht etwas schneller.

Plötzlich höre ich ein Räuspern und sehe auf. Es kommt von dem blonden Mann mir gegenüber, der mich mit hochgezogenen Augenbrauen mustert.

Was soll das denn jetzt? Dieser vorwurfsvolle Blick?

Ein paar Sekunden lang sehen wir uns stumm an, dann sagt er: »Könnten Sie das bitte leiser stellen?«

»Wie bitte? Was meinen Sie?«

»Na, Ihr Telefon. Ständig gibt es irgendwelche *Plings* von sich.«

»Und? Stört Sie das?«

»Ja, allerdings. Sie können mit dem Handy auch spielen, ohne dass es jedes Mal piepst, wenn Sie aufs Display drücken.«

Ich verziehe das Gesicht. »Ich spiele nicht, ich arbeite!«

»Ja, auch arbeiten können Sie ohne Ton.« Seine Stimme ist immer noch ruhig, aber bestimmt. »Also stellen Sie das bitte ab.«

»Na schön, wenn es unbedingt sein muss«, meckere ich, folge seiner Bitte dann aber doch, während er mich weiter unverwandt anstarrt.

Plötzlich fühle ich mich merkwürdig, aber ich will mir das auf keinen Fall anmerken lassen. Doch seinem Blick halte ich auch nicht stand, also widme ich mich wieder meinem Handy. Ich tippe, beantworte Beiträge und klicke mich durch die verschiedenen Posts.

Irgendwann merke ich schließlich, wie erschöpft ich bin, und lehne mich mit dem Handy in der Hand zurück in den Sitz. Eine Weile betrachte ich noch das Display, dann fallen mir die Augen zu.

Entspann dich mal

Irgendwas brummt, und irgendwer tippt mich ständig an. Zumindest spüre ich einen leichten Druck auf meiner Schulter und ein Vibrieren in meiner Hand.

Okay, wo bin ich? Ich blinzle ein paarmal und gleite langsam zurück ins Hier und Jetzt. Merkwürdige Dinge habe ich geträumt, von Thomas, von diesem Zug, von Jana. Mein Mund ist trocken, und ich fühle mich ganz gerädert. Ich hasse es, irgendwo anders als in meinem Bett einzuschlafen. Mich entspannt das gar nicht, im Gegenteil. Wenn ich dann wieder aufwache, bin ich muffig und kratzbürstig und gar nicht gut gelaunt.

»Hallo, hören Sie mich?« Wieder dieses Tippen auf meiner Schulter, dieser sanfte Druck.

»Hallo, aufwachen!«

Als ich schließlich die Augen öffne, befindet sich der blonde Nörgeltyp ganz dicht vor mir und mustert mich eindringlich.

»Hallo«, sagt er erneut.

»Ja? Was ist denn?«, murre ich.

Irgendwas summt und summt und summt schon wieder. Es kommt von dem Handy in seiner Hand. Die Schale mit dem Einhornmotiv kommt mir bekannt vor. Das ist doch …

Ein heftiger Ruck fährt durch meinen Magen. Das ist doch mein Handy! Wie kommt dieser Typ an mein Handy? Und wo ist Thomas?

Ganz langsam komme ich zurück in die Realität, zurück in den Zug. Und es fällt mir wie Schuppen von den Augen. Thomas ist weg. Er hat mich versetzt und lässt mich alleine in den Urlaub fahren.

»Ja, sie hat gerade geschlafen. Ich gebe sie Ihnen«, sagt der Mann in mein Handy und reicht es mir anschließend.

Tief hole ich Luft, als mir klar wird, dass er tatsächlich gerade einfach so an mein Handy gegangen ist, und ich funkele ihn böse an. »Sagen Sie mal, was soll das denn?«

»Geh ran«, sagt er nur, und ich reiße ihm beinahe das Handy aus der Hand. Warum duzt er mich denn auf einmal?

»Hallo?«

»Oh, Rikemaus, es tut mir so leid. Thomas ist ja wirklich unglaublich. Und dabei ist das gar nicht typisch für ihn«, legt Jana sofort los. »Aber wer war das denn gerade?«

Ich räuspere mich. »Keine Ahnung, irgendein Mann, der einfach so mein Telefon genommen hat.«

Doch der Typ zeigt keine Spur von Reue, sondern blättert seelenruhig in seiner Handwerkerzeitschrift.

»Okay. Und warum das?«

»Ich war eingeschlafen. Das Ganze hat mich doch mitgenommen.«

»Und Thomas? Was war jetzt genau mit ihm? Erzähl mal.«

»Ich weiß auch nicht. Er hat sich verliebt, darauf besteht er ganz fest. Anscheinend ist er sich ganz sicher und sagte, er müsse einfach bei ihr bleiben.« Als ich bemerke, dass die Häkeljäckchenfrau lauscht, spreche ich leiser. »Ich soll den Urlaub alleine genießen. Er meint, es schadet mir sicher nicht, mal runterzukommen. Und ich soll nicht böse sein. Ganz ehrlich, das ist ja alles schön und gut, aber ich bin trotzdem mehr als böse. Ich bin wütend, weil ich seinetwegen jetzt alleine in diesem dämlichen Zug sitze!«

»Das tut mir wirklich leid, meine Süße.«

»Hm«, brumme ich und werfe einen Blick zu dem Mann gegenüber. Ich kann es noch immer nicht fassen, dass er einfach so an fremde Handys geht.

»Ach Rikemaus, aber ...«

Oh nein, ich weiß, was gleich kommt.

»Was?«, frage ich hastig.

»Nun ja, es ist blöd von Thomas, aber ich bin mir sicher, dass du ganz tief im Inneren wirklich fahren wolltest. Warum wärst du denn sonst auf die Pension gestoßen? Ich glaube fest daran, dass uns das Unterbewusstsein ab und zu Nachrichten schickt. Wie auch immer es jetzt ist, vielleicht ist es wirklich nicht schlecht, wenn du mal Zeit für dich alleine hast. Zeit zum Abschalten, um einfach Spaß zu haben. Wer weiß, wofür es gut ist.«

Ich ziehe eine Augenbraue nach oben, obwohl mir bewusst ist, dass Jana es durchs Telefon nicht sehen kann.

Sie kann wirklich meine Gedanken lesen, denn da kommt es auch schon von ihr: »Ich weiß, du bist genervt, weil ich das so sage. Sicher ziehst du gerade eine Augenbraue nach oben. Aber du bist wirklich nicht fähig, einfach mal zu relaxen, die Seele baumeln zu lassen. Denk doch nur an den Ausflug zum See neulich.«

Was meint sie denn damit? »Der Ausflug?«, frage ich. »Der war doch schön.«

»Schön? Ja, für uns andere schon. Wir waren schwimmen, haben eine Sandburg gebaut, doch du hast die ganze Zeit mit dem Handy in der Hand auf deinem Strandtuch gesessen und nur ab und zu mal zu uns rübergewinkt.«

»Hm, so kam mir das gar nicht vor.«

»So war es wirklich, doch du merkst das gar nicht mehr. Ja, du musst viel arbeiten, ich weiß das. Aber man braucht doch auch mal Erholung und sehnt sich nach Liebe, Freude und Ruhe für den Geist. Kleinigkeiten, die einfach Spaß machen. Und wenn du dir im Urlaub nicht die Zeit zum Glücklichsein nimmst, wann denn dann?«

Ja, das ist typisch für Jana. Immer diese Glückskekssprüche. *Nimm dir Zeit zum Glücklichsein, bla, bla, bla. Genieße das Leben, bla, bla, bla.*

»Ich meine das ernst«, sagt sie.

Ich seufze. »Und was schlägst du jetzt vor?«, frage ich etwas zu barsch, doch sie lässt sich davon nicht beirren.

»Sehe es doch mal positiv. Genieße den Urlaub, sei einfach gut drauf. Reiß dir einen hübschen Seebären auf. Mach eine Schifffahrt oder andere schöne Dinge, geh im Watt wandern. Glaub mir, du wirst dich super erholen und dich so gut fühlen wie noch nie«, verspricht sie, aber ich kann gerade absolut nichts Positives an meiner Situation finden.

Und es kommt noch heftiger. »Weißt du was? Mach dir doch eine Liste mit Dingen, die du gerne tun möchtest. Ha! Pass auf, ich gebe dir nachher mal ein paar Punkte durch, von denen man sagt, dass man sie unbedingt im Sommer tun sollte. Strandküsse zum Beispiel sollen glücklich machen.«

»Was bitte?«

»Ja, schnapp dir einen schnuckeligen Kerl und küsse ihn am Strand. Aber das ist nur ein Gedanke. Es gibt so vieles, was du tun könntest. Und dann hakst du eines nach dem anderen ab. Du wirst sehen, mit jedem Punkt auf der Liste, den du erledigt hast, wirst du entspannter und zufriedener. In der Gruppe machen wir öfter diese Art von Glücksmotivation.«

Die *Gruppe*, das ist Janas Entspannungskreis fürs Seelenheil. Wie oft musste ich mir schon Tipps anhören, die sie dort erhalten hat. Für mich wäre das ja nichts. Schon allein das Wort *Glücksmotivation* löst in mir einen tiefen Widerwillen aus. Ich atme hörbar durch.

»Also bist du einverstanden?«

»Ja, meinetwegen, wenn es sein muss. Schick mir das Zeug, dann sehe ich mal weiter.«

»Super!«, jauchzt sie am anderen Ende der Leitung. »Ich muss jetzt weitermachen, meine Pause ist vorbei. Also leg das Handy beiseite, mach die Augen zu, entspann dich, genieße die Zugfahrt. Und später schicke ich dir dann diese Punkte fürs Glücklichsein. Denk dran, Entspannung ist jetzt angesagt, hörst du? Man muss immer das Beste aus seiner Situation machen.«

»Ja, na gut.« Ich seufze. So ein Unfug. Ich werde mir ganz sicher keine Glücksliste schreiben.

»Aber eine Frage hätte ich doch noch: Sieht er denn gut aus, dieser Typ, der an dein Handy gegangen ist?«

Ich linse zu ihm hinüber und spüre ein kurzes Ziehen im Bauch. »Hm, vielleicht ein bisschen.«

Sie kichert. »Na siehst du, vielleicht ist es ja gar kein Zufall, dass du ihm gegenübersitzt. Glück im Unglück sozusagen.«

Ich jedoch kann darin absolut kein Glück erkennen, vor allem weil er ziemlich genervt von mir zu sein scheint.

»Okay, wenn du meinst«, sage ich nur noch, dann beenden wir das Gespräch, und ich lege das Handy neben mir auf dem freien Sitz ab.

Der Typ gegenüber blickt noch immer in seine Zeitschrift.

Ich räuspere mich, doch keine Reaktion.

Ich räuspere mich etwas lauter.

»Hm?«, brummt er, ohne aufzublicken.

»Sie können nicht einfach an mein Telefon gehen. Das ist mein Privatbesitz«, sage ich bestimmt, aber er zeigt keine Regung – im Gegensatz zu der Häkeljäckchenfrau, die interessiert aufblickt und tatsächlich ihre Illustrierte zur Seite legt. Warum auch den Klatsch und Tratsch der Promis verfolgen, wenn es sozusagen live vor den eigenen Augen zur Sache geht?

»Entspann dich einfach«, sagt er, ohne das Gesicht zu verziehen. »Ist ja wohl nichts passiert.«

Ich glaube, ich höre nicht recht. »Wie bitte? Entspannen? Was hat das denn damit zu tun? Nehmen Sie immer einfach fremde Telefone in die Hand?«

Warum duzt mich der Kerl eigentlich andauernd? Haben wir etwa schon ein Bier zusammen getrunken?

Jetzt mischt sich die Häkeljäckchenfrau ein. »Es hat die ganze Zeit wie verrückt gesummt und gar nicht mehr aufgehört. Das war wirklich etwas lästig.«

»Ja, das hat ziemlich genervt«, pflichtet ihr ein Mann mit dunklen Haaren und Spitzbart bei, der zwei Plätze weiter sitzt.

»Da hörst du es«, sagt der Typ von gegenüber. »Ich hatte dich ja gebeten, es leise zu stellen, also bist du selbst schuld.«

»Ich hatte es auf lautlos gestellt! Das war der Vibrationsalarm.«

»Und der hat genervt«, stellt er ganz trocken fest.

Innerlich bin ich schon auf hundertachtzig, doch es kommt noch mehr von ihm. »Es ist nur ein Telefon, das kann man auch mal ausschalten.« Schließlich blickt er wieder auf seine Zeitschrift. »Und jetzt möchte ich bitte in Ruhe weiterlesen.«

Unglaublich.

Genervt lehne ich mich zurück und starre aus dem Fenster.

Die nächsten Stunden verlaufen schweigend. Der Mann mir gegenüber liest die meiste Zeit, und ich versuche, zu schlafen und einfach an nichts zu denken, was mir aber schwerfällt.

Ab und an linse ich doch zu ihm hinüber. Inzwischen hat er die Augen geschlossen, wirkt absolut tiefenentspannt. Eine gute Gelegenheit, um mir sein Gesicht mal etwas genauer anzusehen. Ja, zugegeben, er ist schon ziemlich attraktiv. Die Wimpern sind dicht und seine Augen hübsch geformt. Das Blau, dieses wirklich unglaubliche Blau kann ich ja gerade leider nicht sehen. Aber diese Augenbrauen? Sie sind wirklich etwas zu buschig. Die Lippen dagegen sind voll und sinnlich geschwungen, am Kinn hat er eine winzige Narbe.

Er hat breite Schultern, in diesem hellen Poloshirt sieht man das richtig deutlich. Sicher treibt er viel Sport. Deswegen auch die sportlichen weißen Sneakers mit den hellblauen Streifen. Wie auch immer, es würde jedenfalls gut zu ihm passen.

Er atmet tief durch, gibt ein leises Murmeln von sich, und ich lehne mich wieder zurück in den Sitz. Ich kann nun nicht mehr einfach nur so dasitzen, ich muss was tun, also greife ich doch erneut nach meinem Handy.

Jana hat mir schon wieder geschrieben, diesmal hat sie mir einen Link zu den Glückspunkten geschickt. Ich rufe ihn auf und gelange zu einer Seite, auf der eine Bloggerin berichtet, was man im Sommer unbedingt tun sollte. Während ich lese, rolle ich mit den Augen.

Tipps, die Ihren Sommer traumhaft machen und Ihr Leben verändern. Entspannung kann man lernen, fangen Sie noch heute damit an.

Jana spinnt wohl. Und dann kommt auch schon die nächste Nachricht von ihr.

Ja, ich weiß, du findest das gerade nicht so toll. Aber lass dich doch mal auf diese Idee mit den Glückspunkten ein. Eine romantische Schifffahrt zum Beispiel, mal so wie Jack und Rose am Bug des Schiffes stehen. Im Watt wandern gehen. Oder wie wäre es mit diesen Küssen am Strand – oder gar noch mehr? Wer weiß, vielleicht findest du ja einen ganz tollen Mann? ;-)

Ja, ganz genau, das werde ich sicherlich. Es ist ja so einfach, einen tollen Mann zu finden. Doch für solche Dinge habe ich jetzt wirklich keinen Nerv. Also lege ich das Handy wieder beiseite und versuche, noch einmal zu schlafen.

Ein fürchterlicher Knall gefolgt von einem scharfen, quietschenden Geräusch, das mir durch die Ohren fährt, weckt mich auf. Dann schließlich noch ein heftiger Ruck, dessen Wucht mich erst in den Sitz zurückdrückt und dann auf den Schoß des Mannes gegenüber schleudert.

Mein Herz rutscht sofort einen Stock tiefer.

Die Häkeljäckchenfrau kreischt, der Mann mit dem Spitzbart blickt entsetzt drein. Draußen ist es auf einmal dunkel geworden.

Was war das denn bitte? Und warum um Himmels willen fährt der Zug nicht mehr?

Sofort habe ich Tausende von Horrorgedanken im Kopf, die vielen Meldungen über Terroranschläge. Und die Sicherheitsmaßnahmen, die ich bei den Events mittlerweile mit einplanen muss. Aber so was passiert doch hier in diesem Zug nicht, oder?

Ohne dass ich es merke, klammere ich mich fest an mein Gegenüber, als ich seine Stimme höre. »Alles okay?« Er klingt ganz ruhig, was man von meinem Puls absolut nicht behaupten kann.

»Was war das?«, frage ich laut und hoffe, dass irgendjemand eine Antwort weiß. Denn dieser Ruck gerade eben hat sich wirklich nicht gut angefühlt. Zaghaft sehe ich mich um, jeder um mich herum wirkt angespannt.

Ein großer Mann in Uniform rennt durch unser Abteil, an unseren Sitzen vorbei.

»Entschuldigen Sie, was ist hier los?«, ruft eine Frau ihm hinterher, aber der Mann, dessen Gesicht kalkweiß ist, hetzt einfach weiter, ohne auf die Frage einzugehen.

»Das ist der Alptraum! Ich sitze in einem Zug, in dem ich eigentlich gar nicht sitzen will, bin auf dem Weg in den Urlaub, auf den ich überhaupt keine Lust habe, und ...« Ich stocke, denn meine Gedanken fahren Achterbahn. Sofort denke ich wieder an die Unglücksmeldungen, die man immer im Fernsehen sieht und hört, male mir die wildesten Dinge aus. Panik überrollt mich, und ich merke, wie mir die Luft wegbleibt.

»Ganz ruhig, es ist sicher alles in Ordnung«, will mich der Mann, dessen Atem ich jetzt ganz nah an meinem Ohr spüre, beruhigen, doch ich klammere mich noch fester an ihn.

Wieder rumpelt es, und ich hole tief Luft. »Bitte lass es nichts Schlimmes sein. Wenn das hier gut ausgeht, verspreche ich auch, aus allem das Beste zu machen, nicht immer so mürrisch zu sein und alles positiver zu sehen«, sage ich mit bebender Stimme. »Meinetwegen schreibe ich sogar diese doofe Liste, fahre mit dem Schiff, gehe wandern im Watt. Und was auch immer.«

Er zieht eine Augenbraue nach oben, so als würde er sich noch über das, was ich da eben von mir gegeben habe, amüsieren.

Da erklingt eine Durchsage durch den Lautsprecher: »Meine Damen und Herren, entschuldigen Sie bitte die Unannehmlichkeiten. Leider mussten wir in einem Tunnel scharf abbremsen, da sich ein Gegenstand auf den Gleisen befand. Die Fahrt geht jetzt weiter.«

Der Mann, den ich noch immer umklammere, sieht mich an und lächelt. »Wir haben überlebt, also ist doch alles gut.«

»Ha, ha!« Schnell löse ich mich von ihm, setze mich wieder auf meinen Platz und versuche, ruhig zu atmen.

Ja, es war vielleicht albern. Aber ich hatte gerade wirklich Panik.

»Das mit dieser Liste war übrigens sehr interessant«, stellt er fest und grinst noch immer.

Ich spüre, wie mir die Röte auf die Wangen schießt. Ohne zu antworten, schließe ich einfach die Augen und hoffe, dass diese unselige Fahrt bald ein Ende hat.

Den Typen gegenüber werde ich ja wohl bereits in Hamburg los, wo ich umsteigen muss. Wäre ja schon ein Riesenzufall, wenn er ausgerechnet auch nach Cuxhaven fährt.

Doch weit gefehlt. Kaum habe ich in Hamburg meinen Zug nach Cuxhaven betreten, taucht er auch schon hinter mir auf. Wäre ja zu schön gewesen. Und natürlich setzt er sich wieder direkt mir gegenüber und grinst mich ziemlich dreist an. Hat er denn nichts anderes zu tun, als wie eine Klette an mir zu hängen?

Es ist wohl das Beste, wenn ich mich jetzt gar nicht mehr auf eine Diskussion mit ihm einlasse. Also lasse ich ganz brav mein Handy auf lautlos und tue so, als würde ich vor mich hin dösen. Den größten Teil der Fahrt habe ich ja glücklicherweise schon hinter mir.

Ich lasse mich darauf ein

»Meine Damen und Herren, in wenigen Minuten fahren wir in Cuxhaven ein«, schallt es aus dem Zuglautsprecher, und ich blicke nervös aus dem Fenster. Das war ein Schreck vorhin bei dieser Vollbremsung. Aber jetzt bin ich wenigstens heil hier angekommen. Gleich geht es los. Urlaub, ich komme!

Als der Zug schließlich angehalten hat, stelle ich rasch noch mein Handy wieder auf normale Lautstärke, bevor ich versuche, meine Koffer aus dem Gepäckfach herunterzuziehen. Das war schon beim Umsteigen in Hamburg nicht so einfach.

Glücklicherweise kommt der blonde Typ von gegenüber mir diesmal zu Hilfe, denn die Koffer sind doch etwas schwer. Dabei habe ich nur das Nötigste eingepackt. Na gut, vielleicht auch ein bisschen mehr. Sicher habe ich viel zu viel mitgenommen. Aber man muss ja für alles gewappnet sein, oder?

Ich bin jedenfalls erleichtert, dass er mir hilft. Und dass er doch auch nach Cuxhaven gefahren ist.

»Danke«, sage ich und deute auf den zweiten Koffer. »Der gehört auch mir.«

Er nickt und hievt auch den anderen Koffer herunter. »Soll ich dir einen davon abnehmen?«

»Also … ja, na gut.«

»Na dann.« Er hebt den größeren der beiden Koffer hoch – er selbst hat nur eine Umhängetasche bei sich. Ich nehme den kleineren Koffer und schultere meinen Rucksack, dann folgen wir dem Menschenstrom nach draußen.

Als wir auf den Bahnhofsvorplatz treten, dringt uns sofort frische Meeresluft entgegen. Eine Mischung aus Salzwasser und Regen. Es ist etwas windig, aber die wärmende Sonne ist trotzdem zu spüren. Tief sauge ich die Luft in mich ein, die so ganz anders ist als die bei uns in der Großstadt.

Okay, wohin jetzt? Suchend sehe ich mich um.

»Der Taxistand ist da drüben.« Der Mann zeigt auf ein Schild einige Meter von uns entfernt. Kann er Gedanken lesen? Er scheint sich jedenfalls hier auszukennen.

»Ja, danke«, stammle ich und will nach meinem Koffer in seiner Hand greifen.

»Warte, ich begleite dich.« Ohne ein weiteres Wort setzt er sich wieder in Bewegung, und ich folge ihm.

Vor einem Taxi mit der Aufschrift *Seefisch Cuxhaven*, das ganz vorne in der Reihe steht, hält er an und öffnet die Fahrertür. »Moin Piet, bringst du die Lady, wohin sie will?«

Der Mann am Steuer hat einen Schnurrbart und einen sehr dicken Bauch. »Moin Nils, geht klar.« Er deutet auf mein Gepäck. »Einfach rein mit dem Zeug.«

Jetzt weiß ich wenigstens, wie mein netter Helfer und Anrufentgegennehmer heißt. Er selbst hat sich mir ja nicht vorgestellt.

Nils öffnet den Kofferraum, wuchtet die Koffer hinein und schließt den Deckel mit Schwung. Er scheint viel Kraft zu haben, und ich ertappe mich, wie ich auf seine muskulösen Oberarme starre.

»Also dann, schönen Urlaub«, sagt er noch, dann wendet er sich ab und geht davon. Einfach so.

»Ähm, danke«, rufe ich ihm hinterher, aber er dreht sich nicht mehr um, sondern hebt nur die Hand zum Gruß. »Gern geschehen.«

Irgendwie ist er schon merkwürdig. Erst so genervt von mir, dann am Ende doch so hilfsbereit und irgendwie auch nett.

»Na, wohin soll es gehen?«, fragt mich der Taxifahrer mit einem Lächeln.

»Zur Pension *Sommertraum.*«

»Zur Pension *Sommertraum*?«, wiederholt er meine Worte und wirkt etwas irritiert. »Ich wusste gar nicht, dass die noch Gäste aufnehmen.«

»Ist immer ziemlich gut besucht, oder?«, frage ich, woraufhin er laut auflacht.

»Na, Sie haben aber einen guten Humor! Also schön, wird gemacht.«

Keine Ahnung, was er meint, aber die Menschen an der Nordsee sollen ja einen ganz besonderen Sinn für Witze haben.

Kurz denke ich wieder daran, wie hübsch diese Pension auf den Fotos im Internet ausgesehen hat. Das schneeweiße Haus mit den blau gestrichenen Fenstern, den hellen, freundlichen Zimmern und den Himmelbetten. Und der Name *Sommertraum*, der mich so angezogen hat.

Dieser Abend war sowieso mehr als verrückt. Und ich dachte mir, wenn es schon unbedingt Urlaub sein muss, dann möchte ich dorthin. Die Buchung funktionierte auch ganz einfach. Ich brauchte schlichtweg nur das Formular auszufüllen, meinen Wunschtermin anzugeben, und prompt erhielt ich eine Bestätigung von einer sehr freundlichen Frau namens Inge:

Vielen Dank, dass Sie sich für mein Haus interessieren. Sie brauchen Zeit zum Erholen, ein Zuhause, einen Platz, um sich daheim zu fühlen? Ein Haus voller Liebe und so herzlich warm wie der Sommer? Dann sind Sie hier genau richtig. Ich freue mich, Ihnen bestätigen zu können, dass in dem von Ihnen gewünschten Zeitraum unsere Muschelsuite zur Verfügung steht.

Vielleicht geht es mir ja besser, wenn ich erst mal dort bin, sage ich mir selbst, während der Fahrer den Motor startet und losfährt.

Die Stadt ist wirklich unheimlich schön. Es geht vorbei an hübschen roten Backsteinhäuschen, kleinen Geschäften und Ferienbungalows. Irgendwann biegen wir in eine Seitenstraße ab, und als sie den Blick aufs Meer freigibt, pocht mein Herz doch etwas schneller, und ich fange tatsächlich an, mich zu freuen.

Weit liegt die See da, wie ein Teppich aus Blau, in dem sich der Himmel spiegelt. Ich lasse alles auf mich wirken, spüre, wie ich ruhiger werde, und ganz kurz finde ich es doch nicht so schlimm, hier zu sein. Ich kann es ja auf meine Art und Weise machen. Janas Tipps sind nett, aber bei Weitem nicht alle mein Fall. Ich könnte mir selbst den besten Urlaub aller Zeiten bescheren, das wäre doch auch ein guter Plan.

Nach ein paar Minuten biegt der Taxifahrer noch einmal ab, bevor er kurze Zeit später anhält und auf das Häuschen vor uns zeigt. »So, da wären wir, junge Frau.«

Okay, ist das jetzt sein Ernst?

Fragend sehe ich ihn an. »Ich hatte Pension *Sommertraum* gesagt, ich glaube, Sie haben sich vertan.«

Er lacht noch etwas lauter als vorhin, dabei wippt sein Bauch auf und ab. »Sie sind wirklich zu komisch. Nein, nein, wir sind schon richtig hier.«

Will denn dieser Alptraum gar nicht enden? Das Haus sieht mal so gar nicht aus wie im Internet, eher wie eine etwas verfallene Ausgabe davon. Die Fotos müssen wohl irgendwie noch aus den Sechzigerjahren stammen.

Ehrlich gesagt komme ich mir jetzt schon ein wenig veräppelt vor. »Ähm, aber das Haus ist …« Ich krame in meinem Rucksack nach dem Computerausdruck, den ich extra mitgenommen habe. »Hier, schauen Sie mal.«

Kurz betrachtet er die Seiten, dann nickt er. »Ja, so sah es früher mal aus. Aber lassen Sie sich nicht abschrecken, bei Inge werden Sie es trotzdem schön haben. Sie macht wunderbare Eier mit Speck«, sagt er und reibt sich den Bauch.

Eier mit Speck? Na wunderbar. Beim Anblick des kaputten Daches und den teilweise schief hängenden Fensterläden muss ich schlucken.

Er öffnet die Fahrertür. »Also, dann laden wir mal Ihr Gepäck aus.«

»Okay«, flüstere ich und überlege währenddessen bereits, wie ich vielleicht doch ein anderes Hotel finden könnte.

Aber dann verwerfe ich den Gedanken. Ganz ruhig, Rike, gib dem Haus doch erst mal eine Chance, vielleicht sieht es ja trotz allem innen ganz passabel aus, mahnt mich meine innere Stimme. Mit einem leisen Seufzer steige ich ebenfalls aus.

»Das war mal ein ganz feines Haus«, erzählt mir der Fahrer, während er mein Gepäck aus dem Kofferraum hebt. »Aber Margarete, die frühere Besitzerin, wurde plötzlich krank und konnte sich nicht mehr um alles kümmern. Ihre Schwester Inge hat ihr geholfen, aber als Margarete starb, ist das Haus zunehmend verkommen. Inge tut zwar ihr Bestes, doch es ist ganz alleine nicht so leicht. Aber keine Sorge, Sie werden es hier sicher urig haben, versprochen.«

Urig. Ja, *urig* ist wirklich das richtige Wort. Im Gegensatz zu der stolzen Villa, die mich im Internet so fasziniert hat, ist das hier tatsächlich urig. Ein Haus, das man wohl mit einer alten, faltigen Dame vergleichen kann. Die Farbe war irgendwann mal blütenweiß, jetzt ist sie eher grau und abgeblättert. Das Blau der Fenster ist zwar zu erkennen, aber auch nur noch ganz blass. Das Dach ist kaputt, die Fassade verwittert und hat an einigen Stellen bereits Risse. Sagen wir mal so, das Haus hat seine besten Zeiten schon hinter sich, ebenso wie der verwilderte Garten.

Ich atme tief durch und muss plötzlich an Jana denken. Von wegen, es wird schon, genieße den Urlaub. Das werde ich ihr jetzt gleich unter die Nase reiben, und zwar in Form eines Fotos. Doch das Seitenfach meines Rucksacks, in dem normalerweise mein Handy steckt, steht offen.

Okay, vielleicht habe ich das Handy ja woandershin gepackt? Ich durchforste alles, aber ich finde es nicht. Selbst als ich den Rucksack samt Inhalt ausleere, bleibt es unauffindbar.

Das darf jetzt nicht wahr sein! Mein Handy, ich kann es doch nicht verloren haben. Mein Magen verkrampft sich. Bitte nicht!

Du checkst jetzt erst mal ein, Rike, dann suchst du alles noch mal ganz in Ruhe durch, versuche ich mich zu beruhigen und zerre mein Gepäck hinter mir her auf die kleine Holzveranda. Dort drücke ich auf das goldene Klingelschild.

Augenblicklich höre ich es im Inneren des Hauses poltern. Schritte auf knarrendem, altem Holz, und schon im nächsten Moment wird die Haustür aufgerissen.

»Ja? Kann ich Ihnen helfen?« Eine kleine, rundliche Frau mustert mich fragend. Sie trägt eine Kittelschürze mit Blumenmuster, und in ihren weißmelierten Haaren baumeln verloren ein paar Lockenwickler.

»Ähm, ja. Ich bin Rike Groschig und habe hier zwei Wochen Urlaub gebucht.«

»Ehrlich? Ab heute?« Sie runzelt die Stirn und scheint kurz nachzudenken. Doch schließlich geht ihr wohl ein Licht auf. »Oh! Ich bin schon ganz durcheinander. Groschig, ja genau. Willkommen in der Pension *Sommertraum.* Kommen Sie doch erst mal herein.«

Ich folge ihr ins Innere des Hauses und sehe mich um. An den Wänden hängen zahlreiche

Ölgemälde mit Meeresmotiven, und die feinen Spitzenvorhänge vor den Fenstern waren früher bestimmt mal blütenweiß. Auf der Theke am hinteren Ende des Eingangsbereichs liegt eine blaue Häkeldecke in Form eines Ankers, daneben stehen eine alte Registrierkasse sowie ein in die Jahre gekommener Computer, und das sehr antik aussehende hölzerne Schlüsselbrett an der Wand dahinter könnte ebenfalls aus einem alten Seemannsfilm stammen.

»Schön, Sie hier zu haben. Ich bin Inge Reben«, sagt die Frau und räuspert sich. Sie blättert in ihrem Reservierungsbuch, das allerdings, soweit ich es aus meiner Perspektive beurteilen kann, sehr leer aussieht. »Irgendwie finde ich Sie gerade nicht«, murmelt sie, dann tippt sie etwas in den Computer. »Ich Dussel, Ihre Buchung kam ja über das Internet. So, da stehen Sie ja.« Sie blickt zu mir auf. »Ich hoffe, Sie werden sich hier traumhaft wohlfühlen. Sie haben die Muschelsuite gebucht, ich werde dort gleich noch mal nach dem Rechten sehen.«

Ihr Blick streift den großen Spiegel mit dem verschnörkelten Holzrahmen, und sie zuckt zusammen. »Ach herrje, wie sehe ich denn aus!« Rasch zupft sie sich die restlichen Wickler aus den Haaren und lächelt mir verlegen zu. Dann starrt sie wieder in ihren Monitor.

»Da steht, dass Sie zu zweit anreisen? Ist Ihr Liebster noch draußen vor der Tür?«

Ich hole tief Luft und will gerade antworten, dass es keinen Liebsten gibt und auch sonst keine Begleitung. Doch ich komme nicht mehr dazu, denn genau in dieser Sekunde durchbricht eine raue Männerstimme die kurze Stille zwischen Inge und mir.

»Ist da jemand?«

Auf Inges schmalen Lippen breitet sich ein Lächeln aus. Sie zwinkert mir verschwörerisch zu und flüstert: »Na, da ist ja schon Ihr Herzblatt. Und gut sieht er aus, mmh.«

Schritte nähern sich uns, und als ich mich hastig umdrehe, traue ich meinen Augen kaum. Denn da steht er. Nils. Der Typ aus dem Zug.

»Guten Tag, willkommen in meiner kleinen Pension *Sommertraum*«, ruft Inge ihm entgegen. »Ihre Freundin ist schon am Einchecken. Die Kuschelmuschelsuite« – warum sagt sie plötzlich *Kuschelmuschel*? – »ist gleich fertig hergerichtet und bereit, mit Liebe gefüllt zu werden.« Sie zwinkert mir noch einmal zu und wirkt durch ihr Lachen plötzlich wie ein junges Mädchen.

Sofort werden meine Wangen ganz heiß. Mit Liebe gefüllt werden? Oh Gott!

»Ja, das klingt sehr verlockend. Nicht wahr, Schatz?« Nils stellt sich neben mich, legt den Arm um meine Schultern, und sein Blick sucht meinen.

Ganz unerwartet steigt mir die Wärme in den Bauch, aber ich fasse mich rasch wieder und trete einen Schritt von ihm weg. »Nein, das tut es nicht!«

Inge wirkt irritiert. »Nicht? Ähm, also ...«

»Wir sind kein Paar«, erkläre ich rasch, noch bevor Nils etwas antworten kann.

»Oh, aber ich habe hier stehen, dass Sie zu zweit anreisen.«

»Ja, ich weiß, aber er hier«, ich deute auf Nils, »er ist nicht mein Freund. Und auch nicht mein Herzblatt!«

»Ach so. Aber wo ist dann Ihr ...«

Freund wollte sie sicherlich noch fragen, doch da mischt sich Nils ein. »Tut mir leid, ich wollte eigentlich nur das hier vorbeibringen.« Er streckt mir mein Handy entgegen, und ein riesiger Felsbrocken fällt mir vom Herzen.

Sofort entfährt mir ein tiefer Seufzer. »Oh, danke schön, ich dachte schon, es ist weg.«

Er nickt. »Dachte mir schon, dass du es vermisst. Es ist dir aus dem Rucksack gefallen, und du warst mit dem Taxi so schnell weg. Hier, bitte schön.«

»Danke«, sage ich noch einmal und versuche ein kleines Lächeln.

Er fährt sich mit der Hand durch die Haare. »Gern geschehen.«

»Aber woher wussten Sie überhaupt, wo ich hingefahren bin?«

»Mein alter Freund Piet war so nett, es mir zu verraten. Und da ich gerade in der Nähe war, dachte ich, ich bringe es rasch vorbei. Denn du ohne Handy, das wäre sicherlich eine Katastrophe, oder?« Er grinst, und ich rolle mit den Augen.

Als ich das Handy entgegennehme, berühren sich unsere Finger für den Bruchteil einer Sekunde, und ich spüre ein kurzes Zucken im Bauch. Rasch ziehe ich meine Hand samt Handy wieder zurück.

Inge hat alles interessiert beobachtet. »Das ist wirklich sehr freundlich von Ihnen«, lobt sie Nils, dann wendet sie sich mir zu. »Und Ihr Freund kommt noch?«

Ich spüre Nils' Blick auf mir und schüttle den Kopf. »Nein, ich bin alleine angereist. Das hat sich kurzfristig so ergeben. Meine Begleitung ist leider verhindert.«

Die Worte kommen mir ganz schnell über die Lippen, als wäre ich froh, sie endlich los zu sein und das alles hier aufklären zu können.

Ich will nämlich nichts mehr, als endlich in mein Zimmer zu verschwinden und die Beine hochzulegen. Eine Dusche wäre auch nicht schlecht.

Inge kritzelt noch kurz etwas in ihr Buch, dann nickt sie mir zu. »Das ist auch kein Problem. Ich mache eben noch alles fertig, es dauert nur ein paar Minuten. Wissen Sie, die Kuschelmuschelsuite ist auch ganz gemütlich, wenn man alleine darin wohnt.«

Mit diesen Worten reicht sie mir den Zimmerschlüssel über die Theke, und ich greife nach der schweren Muschel aus Metall, die daran baumelt. Ohne ein weiteres Wort steigt sie die knarzenden Treppenstufen nach oben und lässt mich mit Nils allein.

Na wunderbar. Und jetzt?

Da stehen wir also.

»Puh! Zum Glück ist betretenes Schweigen nicht peinlich.«

Nils sieht mich an und zieht eine Augenbraue nach oben.

Habe ich das gerade etwa laut gesagt? Anscheinend.

»Man muss nicht immer reden, man kann auch hin und wieder mal die Ruhe genießen. Aber mir scheint, dass du damit so deine Probleme hast.«

Seine Worte klingen wie eine Frage, aber irgendwie auch wie ein Vorwurf. Pfff, was soll das denn jetzt? Er spielt sicher auf mein Handy an und auf die vielen Nachrichten, die ich im Zug bekommen habe.

Wie aufs Stichwort macht es genau in diesem Moment schon wieder *Pling*. So viel dazu, dass ich nicht die Ruhe genießen kann.

Keine Ahnung, was ich jetzt noch sagen soll, doch er kommt mir zuvor. »Also gut, ich muss dann auch mal wieder weiter.«

Ich nicke. Besser so. Irgendwie wirkt das hier ziemlich beklemmend. »Klar. Und vielen Dank noch mal.«

»Wie gesagt, gern geschehen.«

Er will sich gerade abwenden, als wir Inge von oben rufen hören: »Warten Sie doch bitte noch einen Moment, junger Mann. Das Zimmer ist so weit bezugsfertig. Wären Sie vielleicht so nett, die Koffer der jungen Dame nach oben zu tragen? Die Treppe ist etwas steil, und Sie sehen so kräftig aus.«

Heftig winke ich ab. »Nein, das ist okay, ich schaffe es alleine.«

Doch da greift er schon mit jeder Hand nach einem Koffer und hebt sie mit einer verblüffenden Leichtigkeit an. Er hat wirklich durchtrainierte Arme, das fällt mir jetzt wieder auf.

»Dann wollen wir mal«, sagt er und geht voran, ich schultere meinen Rucksack und folge ihm nach oben.

Okay, sein Hintern ist auch nicht schlecht, schießt es mir durch den Kopf, als ich seine Kehrseite so dicht vor mir betrachte. Und der Rücken ebenso.

Was denke ich denn da bitte?

Rasch versuche ich, mich auf die steile Treppe zu konzentrieren, die bei jedem Schritt ächzt und knarzt, und ich bin froh, als wir endlich im zweiten Stock ankommen und der Hintern direkt vor meiner Nase verschwindet.

Wir betreten einen mit weißem Holz getäfelten Flur, an dessen Wänden viele Insel- und Strandbilder hängen. Inge empfängt mich vor meinem Zimmer am Ende des Ganges. Mit einem verschmitzten Lächeln zeigt sie zur Tür, auf der eine Muschel in Blau- und Weißtönen aufgemalt ist.

»Das wäre dann also die kuschelige Muschelsuite. Ich hoffe, sie gefällt Ihnen. Frühstück gibt es eigentlich von sieben bis zehn. Aber wir sind ja alleine, also werde ich einfach etwas vorbereiten, sobald Sie wach sind. Wenn Sie sonst etwas brauchen, rufen Sie mich einfach oder kommen Sie direkt in die Küche. Ich gehe mal wieder nach unten, hab noch einiges zu tun.«

Sie wendet sich von uns ab, und kurze Zeit später sind ihre Schritte auf dem knarzenden Boden nur noch aus der Ferne zu hören.

Nils blickt ihr nach. »Ich bringe nur eben noch die Koffer rein, dann verabschiede ich mich auch.«

Mit klopfendem Herzen folge ich ihm ins Zimmer und kann nicht glauben, was ich da sehe. Oh mein Gott. Ja, es ist urig, aber so urig hätte es nun auch wieder nicht sein müssen.

Gut, es gibt schon ein Himmelbett im Zimmer, so wie auf den Fotos im Internet. Aber die Bettwäsche in diesen merkwürdigen ausgewaschenen Farben passt jetzt nicht unbedingt dazu. Die Vorhänge sehen auch etwas staubig aus. Aber vielleicht bin ich gerade wirklich etwas kleinlich. Erst mal muss ich ja ankommen.

»Danke«, presse ich über meine Lippen, und unsere Blicke treffen sich.

»Gern geschehen.«

Ständig dieses *gern geschehen*. Kann er zur Abwechslung auch mal was anderes sagen? Ich halte seinem Blick stand und bin irritiert über dieses Kribbeln, das er in meinem Bauch auslöst. Doch dann versuche ich, mich wieder zu fangen. Oder eher, das Ganze hier zu ordnen.

»Okay, es ist nicht, wie ich erwartet hatte«, sage ich und sehe mich im Zimmer um, dann blicke ich auf mein Handy. »Das gibt's nicht! Wo bin ich denn hier gelandet? Ich habe nicht mal vollen Empfang!«

Nils macht einen Schritt auf mich zu. Mir fällt auf, wie gut er duftet. So herb und männlich wie die raue See und ein bisschen holzig.

Er ist mir nah, so nah.

»Du wirst es schon überleben. Wie war das vorhin im Zug noch mal? Wolltest du nicht aus allem das Beste machen?« Er lächelt, und mein Herz schlägt jetzt viel zu schnell.

»Das war eine Ausnahmesituation, ich hatte Panik!«

Er zuckt mit den Schultern. »Ich meine ja nur …«

»Sie haben die Ruhe weg, nicht wahr?«, schnaube ich.

»Nun, dafür hast du ganz und gar keine Ruhe. Lass dich doch mal gehen, das Zimmer ist nett, deine Pensionswirtin ebenfalls. Sei mal nicht so verkrampft. Hab Spaß und entspann dich.«

Was hat er da gerade gesagt? Und warum duzt er mich denn immerzu?

Aber seine Worte wühlen etwas in mir auf, treffen einen wunden Punkt.

»Hören Sie ... Sie ...«

»Nils«, sagt er mit rauer Stimme, und ich atme tief ein und aus.

»Also gut, Nils, meinetwegen. Ich bin nicht verkrampft, ich kann mich auch gehen lassen, aber so was von! Und überhaupt kann ich Spaß haben – und wie! Bitte gehen Sie jetzt, ich würde gerne meine Ruhe haben. Ja, meine Ruhe! Danke noch mal fürs Tragen. Und für das Handy.«

»Gern geschehen.« Er grinst und tritt aus der Tür, die ich etwas zu heftig hinter ihm zuschlage.

Ein Strandkuss

»Es ist so furchtbar, Jana«, jammere ich ins Telefon und suche das Zimmer nach dem besten Empfang ab. Trete ich in die eine Ecke, rauscht es, trete ich in die andere, wird es ein wenig besser, dafür beginnt es zu knacken. Als wäre ich hier im Niemandsland.

»Hör mal, Rikemaus. Wenn du ständig nur herumjammerst und auf alles und jeden wütend bist, wird es auch nicht besser. Ja, es ist alles anders als geplant, aber trotzdem doch nicht so schlimm. Hast du dir denn schon den Link angesehen?«

»Nur kurz.« Ich will ihr nicht gleich sagen, dass ich dieses Glücksmotivationszeug albern finde. Wobei ich wieder an den Vorfall im Zug denken muss. Und an mein Versprechen.

Als ich Jana davon erzähle, ist sie ganz begeistert. »Na, da hast du es, dein Unterbewusstsein fand die ganze Sache doch nicht so schlimm. Sonst hättest du nicht darüber gesprochen.«

»Meinst du?«

»Und ob ich das meine. Du nimmst dir jetzt einen Zettel, einen Stift, schreibst deine Liste, und dann gehst du das Ganze mal positiv an. Hallo, du befindest dich im Urlaub und nicht an der Front!«

»Ja, ein super Urlaub in einer heruntergekommenen Pension. Ganz alleine!« Jetzt steigen mir doch die Tränen in die Augen. »So habe ich mir das nicht vorgestellt. Ich hätte mich nie auf diese Sache einlassen sollen. Wirklich, darauf habe ich keine Lust. Ich will hier wieder weg.«

»Ach was, jetzt hör mal zu. Die Anreise war anstrengend, das mit Thomas ist natürlich fürchterlich. Und dass die Pension nicht ganz dem entspricht, was du dir erhofft hattest, ist schade. Aber wenn du am Meer stehst und die Sonne im Gesicht spürst, dann sieht alles schon wieder ganz anders aus, du wirst sehen. Also lass dich nicht runterziehen. Ruh dich jetzt erst mal aus, und danach schaust du dir gleich meine Ideen an. Versprich mir das, ja?«

»Na gut, ich verspreche es.«

Nachdem wir aufgelegt haben, gehe ich ins Bad, um mir den Reisestaub vom Körper zu waschen. Ich drehe den Hahn auf – und fahre zusammen. Das ist ja eiskalt! Dann versuche ich es in der Dusche, doch auch da bietet sich mir dasselbe Bild. Obwohl, wenn ich mir die Dusche mit den etwas antiquierten Armaturen so ansehe, kann ich auch gerne darauf verzichten.

Also gibt es eben nur Katzenwäsche. Ich beiße die Zähne fest zusammen, dann geht es einigermaßen mit dem kalten Wasser.

Gerade habe ich mich wieder angezogen, als es klopft.

»Entschuldigen Sie, Liebes, hier ist Inge.«

Ich öffne die Tür, und sie lächelt mir entgegen, in der Hand eine Flasche und ein mit Alufolie abgedeckter Teller.

»Mir ist eingefallen, dass zur Muschelsuite eine Flasche Wattensecco gehört, da dachte ich, ich bringe sie Ihnen eben aufs Zimmer. Und ich habe ein paar Brote geschmiert, falls Sie Hunger haben. Wenn Sie aber lieber etwas Warmes möchten, hier in der Nähe gibt es ein paar gute Restaurants. Morgen besorge ich dann etwas zum Kochen, versprochen. Also falls Sie noch mal rausgehen, der Zimmerschlüssel passt auch für die Haustür.«

Ich versuche, ebenfalls zu lächeln, was mir jedoch nicht gerade leicht fällt. »Danke schön, sehr freundlich«, presse ich über die Lippen und greife nach dem Teller und der Flasche.

»Also dann, schlafen Sie gut.«

Erleichtert schließe ich die Tür hinter ihr und stelle die Flasche und die Brote auf eine Holzkommode. Für ein paar Augenblicke betrachte ich das Gemälde, das über der Kommode hängt. Es zeigt eine junge Frau mit langen blonden Haaren, die aufs Meer hinausschaut. Sehnsüchtig wirkt ihr Blick.

Ja, ich habe auch Sehnsüchte, nach warmem Wasser, nach besserem Handyempfang. Ich beiße in eines der Brote, das mit Käse und Salami belegt ist. Wenigstens schmeckt es. Und nett war es ja auch von Inge, das muss ich zugeben.

Vielleicht hat Jana recht, ich muss einfach erst mal ankommen. Ich rücke einen Stuhl vors Fenster, wo ich noch den besten Handyempfang habe, esse die Brote und klicke mich nebenbei durch meine Mails.

Als ich schließlich alles restlos aufgegessen habe, lege ich mich ins Bett und schalte den Fernseher an, aber der Empfang ist so was von unterirdisch, dass ich den Plan gleich wieder verwerfe. Ich könnte ja auch ein Buch lesen, in den Regalen stehen ein paar verstaubte Schinken. Aber eigentlich ist mir danach auch nicht zumute.

Vielleicht sollte ich ja einfach versuchen zu schlafen, mich wegzuträumen. Nach Hause oder meinetwegen auch ins Büro, einfach an einen anderen Ort. Aber nachdem ich mich eine Stunde lang pausenlos von einer Seite auf die andere gewälzt habe, muss ich einsehen, dass das nicht so ohne Weiteres funktioniert. Vielleicht weil meine Gedanken keine Ruhe geben, weil hier alles so anders ist, so ungewohnt riecht.

Also stehe ich auf und mache mich daran, meine Koffer auszupacken. Schlaf finde ich ja sowieso keinen. Doch weit komme ich nicht, denn dann sehe ich die Sektflasche auf der Kommode stehen und überlege kurz. Warum eigentlich nicht? Vielleicht könnte ich dann wenigstens schlafen. Vielleicht würden sich meine Gedanken dann nicht ständig im Kreis drehen.

Ich knibble am Korken und ziehe ihn mit einem Plopp heraus, dann setze ich direkt an. Erst schäumt es ein wenig, und ich verschlucke mich, aber in meinem Magen wird es gleich ganz warm.

Augenzwinkernd blicke ich in den Spiegel und proste mir selbst zu. Ja, ich werde das Ganze jetzt anders angehen. Wäre doch gelacht, wenn ich das nicht unter Kontrolle bekäme. »Na dann, Rike, auf einen romantischen Sommerurlaub! Ha, ha.«

Noch ein Schluck rinnt meine Kehle hinunter. Und dann noch einer und noch einer ...

Im Nu ist die Flasche halb leer.

»Sommer, Sonne, Sonnenschein. Sommer, Sonne, Sonnenschein«, singe ich laut, drehe mich dabei im Kreis und lasse die Playlist laufen, die Jana mir eigens für den Urlaub aufgeschwatzt hat.

Und ja, was soll ich sagen? Plötzlich erscheint mir alles nicht mehr ganz so tragisch. Ich bin immerhin am Meer, und auch wenn die Pension nicht gerade traumhaft ist, der Blick aus meinem Fenster ist es. Auch in der Dämmerung kann ich noch das Meer erkennen, höre es rauschen. In der Ferne flimmern die Lichter des nächstgelegenen Ortes.

Ha! Da soll noch einer sagen, ich sei verkrampft und kann keinen Spaß haben. Von wegen! Das werde ich festhalten, für Jana, für Thomas, diesen Verräter, für alle.

Ich greife nach meinem Handy und fange an, Fotos von mir zu schießen. Unter anderem eines, auf dem ich die Flasche mit dem Wattensecco in der Hand halte und ein Duckface ziehe. Ich rufe Janas Kontakt auf und will es ihr senden, als mir noch mal ihre Nachricht ins Auge fällt.

Dinge, die man im Sommer unbedingt tun muss.

Und plötzlich ist da auch die Erinnerung an mein Versprechen im Zug. Ich höre meine eigenen Worte noch einmal: *Wenn das hier gut ausgeht, verspreche ich auch, aus allem das Beste zu machen, nicht immer so mürrisch zu sein und alles positiver zu sehen. Meinetwegen schreibe ich sogar diese doofe Liste …*

Hatte da wirklich mein Unterbewusstsein gesprochen, so wie Jana sagte?

Oh Gott, ich werde noch ganz bescheuert! Aber trotzdem kann ich mir das Ganze doch mal etwas genauer ansehen.

Ich klicke auf Janas Link. *Meerluft atmen,* steht da. *Sich schnell im Kreis drehen, bis der Himmel sich ebenfalls dreht.*

Okay? Was auch immer das mit Sommer zu tun hat. Jana ist wirklich verrückt.

Doch die anderen Vorschläge sind gar nicht so übel – wenn ich sie auf meine Art und Weise verpacke. Wenn ich etwas kann, dann planen.

Eine Schifffahrt wie Jack und Rose, eine Wattwanderung, eine heiße Nacht am Strand, Strandküsse ...

Strandküsse? Als ob das so einfach wäre. Es laufen ja massenweise kusswillige Männer herum.

Schließlich nehme ich doch einen Stift in die Hand und schreibe mir eine Liste, meine ganz eigene Liste. Und als ich fertig bin, ist meine Flasche so gut wie leer. Ich könnte ja den letzten Rest noch unten am Strand trinken und dabei vielleicht schon den ersten Punkt auf der Liste einlösen. *Einen Strandspaziergang machen* lautet dieser nämlich, und das ist doch eigentlich eine gute Idee.

Die Meeresluft weht mir um die Nase, aus der Ferne höre ich leise Musik, die sicher von einigen Restaurants und Bars stammt. Mit geschlossenen Augen stehe ich da und fange an, mich im Kreis zu drehen. Frisch fährt der Wind mir durchs Haar, und kurz stolpere ich fast. Der Wattensecco hat es doch in sich. Und besonders toll war das mit dem Drehen nun auch wieder nicht.

Ich könnte jetzt weiterspazieren, aber meine Beine werden auf einmal so schwer. Also setze ich mich in den Sand, der noch warm vom Tag ist, nehme den letzten Schluck aus der Flasche und lasse die Sandkörner durch meine Finger rieseln. Dann ziehe ich die Liste aus der Hosentasche und versuche, im hellen Licht des Vollmonds zu entziffern, was als Nächstes darauf steht. Eigentlich total blöd, oder?

Kurz bin ich unaufmerksam, eine Windbö kommt auf und reißt mir die Liste aus der Hand.

Mist! Ich stürze hoch und jage ihr hinterher, aber jedes Mal, wenn ich kurz davor bin, sie zu erreichen, erhält das Papier neuen Aufschwung.

Irgendwann bekomme ich es endlich zu fassen, ich bücke mich – doch dann ist jemand anderes schneller.

Die Sneakers mit den hellblauen Streifen vor meiner Nase kommen mir merkwürdig bekannt vor. Mein Blick wandert die Beine aufwärts, vorbei an beigefarbenen Shorts, einem Kapuzenshirt und schließlich zu seinem Gesicht.

Das ist doch dieser Nils! Oh nein, bitte nicht! Was macht er denn hier?

Schnell versuche ich, ihm die Liste aus der Hand zu ziehen, doch er hält sie ganz fest.

»Das ist sie also, die berühmte Liste«, sagt er, und ein leichtes Zucken umspielt seine Lippen.

»Das geht Sie gar nichts an!«

Er fängt an zu lesen. »Wie verbringe ich einen erholsamen Urlaub? Eine Schifffahrt wie Jack und Rose, eine romantische Wattwanderung ...«

Sofort versuche ich noch einmal, ihm die Liste aus der Hand zu reißen, aber er versteckt sie hinter seinem Rücken und grinst.

»Wie Jack und Rose? Also wenn du damit auf die *Titanic* anspielst – dir ist schon klar, dass dieser Dampfer untergegangen ist?«

Ich versuche, die richtigen Worte zu finden, bin aber ganz benommen von seiner Dreistigkeit, einfach meine Liste zu lesen und diese dann auch noch beurteilen zu wollen. »Natürlich weiß ich das. Ich bin doch nicht blöd!«

Wieder wandert sein Blick über die Liste. »Strandküsse, aha. Wirklich alles sehr unverkrampft. Wie wäre es, wenn du einfach mal ausspannst, in den Tag hineinlebst, locker lässt? Dafür braucht man keine Liste.«

Ich stemme die Hände in die Hüften. »Kannst du das bitte mal sein lassen? Wir kennen uns nicht und du ... Sie können doch gar nicht über mich urteilen. Und falls es Sie interessiert, ich *kann* locker lassen! Ach, was geht Sie das überhaupt an? Geben Sie die Liste her!«

»Na schön, hier hast du sie wieder«, sagt er und reicht sie mir.

Schnell verstaue ich sie in meiner Hosentasche. Hoffentlich hat er nicht auch noch die restlichen Punkte darauf gelesen. Ausgehen in einem hübschen Sommerkleid, einen sexy Bikini ausführen. Und dann schließlich noch das mit der heißen Nacht am Strand …

Als ich die Liste eingesteckt habe, stehen wir uns stumm gegenüber. Der Wind streicht ihm leicht durchs Haar. Der Dreitagebart, diese strubbeligen Augenbrauen … Er strahlt etwas aus. Ruhe, Sicherheit.

Himmel! Was soll denn bitte dieses komische Gefühl in meinem Bauch?

»Also, ich kann wirklich loslassen. Und ähm, ich …«

Hallo? Warum versuche ich denn schon wieder, mich zu erklären?

»Ja, sicher.«

Diese raue Stimme, irgendwie sexy. Und diese Augen. Weit wie das Meer. Und so tief. Ohne dass ich es will, ziehen sie mich in ihren Bann. Ja, er hat etwas an sich, das mich einfach verrückt macht.

Das Rauschen des Meeres dringt in meine Ohren, die nächste Windbö kommt auf und flattert durch mein Shirt. Ich bekomme eine Gänsehaut, weiß aber nicht, ob sie wirklich vom Wind herrührt, der meine Haut streift – oder eher davon, weil er mich so ansieht.

Plötzlich tritt er näher an mich heran. Erst denke ich, dass er an mir vorbeigehen will, aber er bleibt vor mir stehen, ganz nah, viel zu nah. Und mit einem Mal sind auch unsere Lippen nur noch einen Hauch voneinander entfernt.

Seine Hände umfassen mein Gesicht, sein Blick sucht meinen. Ich schlucke, bin nervös, bin wie gefangen in seinem Blick, in seiner Berührung. Und dann, einfach so, legt er seine Lippen auf meine. Voller Leidenschaft, fordernd und doch zärtlich. Alles in meinem Körper beginnt zu beben und zu kribbeln, und ich komme mir vor wie Eis, das in der Sommersonne schmilzt.

Dieser Kuss, diese Lippen, dieser Mann. Und mein Körper, der so heftig auf ihn reagiert. Noch nie bin ich so geküsst worden.

Noch einmal streicheln seine Lippen meine, dann lässt er mich los und tritt einen Schritt zurück. »Damit kannst du einen Punkt von deiner Liste abhaken.«

Was meint er? Ich bin wie betäubt, spüre noch immer das Prickeln auf meinen Lippen und ringe nach Luft.

»Den Strandkuss«, fügt er hinzu.

»Oh, ähm, ja. Danke.«

Er grinst. »Gern geschehen. Also viel Spaß noch.« Dann dreht er sich um und schlendert den Strand entlang davon.

Keine Ahnung, was das gerade war. Ich weiß nur, dass mein Herz unglaublich heftig pocht und dass ich nicht will, dass er geht.

Plötzlich machen sich meine Beine selbstständig, und ich renne ihm nach. »Nils, warte mal!«

Er dreht sich zu mir herum, dann stürze ich in seine Arme. Voller Verlangen drücke ich meinen Körper an seinen, und unsere Lippen verschmelzen aufs Neue.

Erst bin ich etwas forsch, das muss ich zugeben, und ich vergesse fast zu atmen, weil ich nicht weiß, wie er darauf reagieren wird. Aber als er seine Hände um meinen Nacken legt und mich an sich zieht, verliere ich jeden Zweifel.

Mit einem Ruck hebt er mich hoch, ich klammere mich an ihm fest, und plötzlich überschwemmt mich eine Welle, lässt mich taumeln, wirbelt mich herum und bringt meine Gefühle vollkommen durcheinander.

In diesem Moment ist alles egal. Egal, dass ich alleine hierhergekommen bin, dass ich keinen besonders guten Internetempfang habe, dass ich die Pension furchtbar finde. Es zählt nur der Augenblick.

Und dann küsse ich ihn wieder und wieder. Es ist wie ein Luftstoß, der durch mich hindurchweht, das Meer aufwühlt und alles in mir zum Toben bringt.

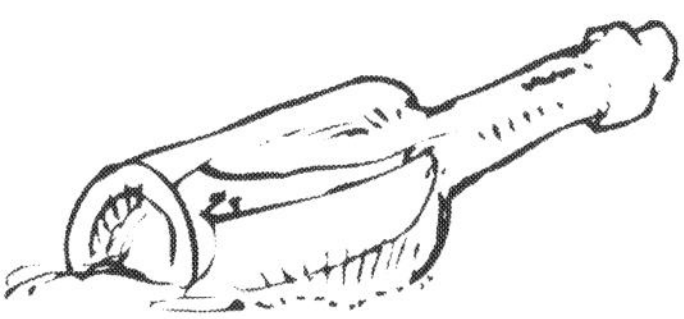

Und wenn es kein Zufall ist?

Als ich aufwache, weiß ich im ersten Moment nicht, wo ich bin. Die Geräusche, die mir ins Ohr dringen, sind anders. Ganz anders. Ich versuche, die Augen zu öffnen, aber mein Kopf pocht viel zu sehr. Irgendwann schaffe ich es dann doch, blinzle ein paarmal, starre an die Decke.

Plötzlich fällt es mir wieder ein. Ich bin in dieser Pension *Sommertraum* – oder besser: *Sommeralptraum.* Meine Kleidung liegt auf dem Boden verstreut herum. Oh Gott!

Langsam kommen die Erinnerungen wieder, und wage Bilder machen sich in meinem Kopf breit. Der Wattensecco, den Inge mir gestern noch aufs Zimmer gebracht hat. Der Strand. Nils. Unser Strandkuss. Sofort wandern meine Hände zu meinen Lippen, während ich auf das zerwühlte Laken neben mir starre. Nein, ich habe mir das auf keinen Fall eingebildet.

Ich erinnere mich nun auch daran, wie ich am Strand auf Nils zugerannt bin, wie wir uns wild geküsst und uns schließlich auf mein Zimmer geschlichen haben. Sofort spüre ich wieder seine Berührungen auf meiner Haut, schmecke seine Küsse, rieche seinen Duft, der noch immer an mir haftet.

Mein Blick fällt auf meinen Slip, der direkt neben dem Bett auf dem Boden liegt. Oh nein, ich hatte wirklich diese grausame Unterwäsche angezogen! Und wie verführerisch ich mir darin vorgekommen bin, als ich mein Shirt hochgezogen habe ...

Was in aller Welt ist da nur in mich gefahren? Was wollte ich da nur beweisen?

Und doch macht sich ein Lächeln auf meinen Lippen breit, denn es war einfach unglaublich. Wir hatten Spaß. Wirklich Spaß.

Von Nils fehlt weit und breit jede Spur. Er scheint schon weg zu sein. Wahrscheinlich musste er zur Arbeit oder was auch immer.

Gähnend taste ich auf dem Nachttisch nach meinem Handy und blicke aufs Display. Es ist bereits halb elf, und ich habe mehrere Nachrichten von Jana erhalten. Ich hatte ihr ja so fürchterliche Fotos geschickt!

Gerade als ich ihr antworten will, summt das Telefon, und ich gehe ran.

»Na, du hattest ja Spaß gestern«, stellt Jana fest.

Kurz fühle ich mich ertappt, doch dann fällt mir ein, dass sie auf die Bilder anspielt. Was mit Nils war, kann sie ja gar nicht wissen.

»Und heute bei Tag sieht alles besser aus, oder? Schon auf dem Weg ans Meer? Oder hast du einen Kater?«

»Hm, ein wenig«, murmle ich.

Dann erzähle ich ihr von der letzten Nacht, von dem Sekt, den ich getrunken habe, dass ich mit meiner Liste an den Strand gegangen bin und dann, na ja, letztendlich mit Nils im Bett gelandet bin.

Jana kreischt. »Das bist du nicht!«

»Das bin ich doch«, kontere ich, und während ich sie am anderen Ende der Leitung aufjauchzen höre, spreche ich einfach weiter. »Aber du weißt ja, ich hatte noch nie einen One-Night-Stand.«

Ihr Ton wird plötzlich streng. »Du hast doch wohl verhütet, oder? «

»Ja, natürlich habe ich das, er hatte ein Kondom dabei. Er hat wohl öfter One-Night-Stands, jedenfalls schien er darauf vorbereitet.«

»Wer weiß. Aber jetzt zum Wesentlichen. Wie war es?«

»Es war …« Sofort spielen sich in meinem Kopf diese Bilder ab. Ich spüre wieder seine Lippen auf meinen, dieses Prickeln, das er in mir ausgelöst hat. Seine Finger, die über meine Haut getanzt sind und jeden Millimeter erforscht haben.

»Es war richtig toll«, sage ich und merke, wie ich rot werde.

»Das ist doch wunderbar! Und jetzt? Siehst du ihn wieder?«

»Nein, natürlich nicht. Ich weiß ja nicht mal, wo er wohnt, und er ist auch gegangen, ohne eine Nachricht zu hinterlassen. Das war eine Nacht und gut. Oh Gott, ich kann immer noch nicht glauben, dass ich ihn verführt habe.«

Jana kichert. »Du hast ihn verführt? Du schlimmes Mädchen!«

»Ja, ich verstehe es selbst nicht. Du kennst mich doch, so bin ich eigentlich nicht.«

»Klar, das ist überhaupt nicht typisch für dich, Kontrollrike. Aber wenn es dir gefallen hat, dann war es doch nicht falsch.«

Mein Blick wandert erneut über das Chaos auf dem Boden, dann zu dem alten Schrank, den schiefen Bildern an der Wand. Mit einem Mal kommt mir das alles wieder so fürchterlich vor.

Mit dem Telefon in der Hand stehe ich auf und fange an, meine Kleider vom Boden aufzusammeln. Da fällt mir eine Geldbörse aus dunklem Leder ins Auge, die sich unter meinen Jeans versteckt hat.

»Ach verdammt, ich glaube, er hat seine Geldbörse hier vergessen«, sage ich zu Jana. »Meinst du, ich soll mal reinsehen?«

»Also, falls du vorhast, sie ihm wiederzugeben, solltest du das vielleicht tun.«

Schließlich nehme ich die Börse in die Hand und öffne sie. Zuerst fallen mir die verschiedenen Karten auf, Bankkarten und irgendeine Mitgliedskarte, auf der der Name *Nils Rhode* steht.

»Nils Rhode heißt er also.« Ich suche weiter und finde eine Visitenkarte: *Holzbau und Tischlerei Rhode & Ott.*

»Aha. Und hast du sonst noch was entdeckt?«

»Ja, eine Karte von einer Tischlerei *Rhode & Ott.*«

»Na, dann wirst du ihn dort sicher finden, wenn er selbst auch Rhode heißt.«

Ich lege die Karte auf den Nachttisch. Wenn ich mit Jana fertig bin, werde ich in der Firma anrufen und Bescheid geben, dass ich die Geldbörse gefunden habe.

Als ich sie zuklappen will, ist da auf einmal diese Neugier. Soll ich vielleicht mal ...? Nur ein klitzekleiner Blick?

Dann tue ich es einfach und entdecke gleich im ersten Fach ein Foto. Es zeigt Nils mit einer hübschen blonden Frau mit Sommersprossen, daneben noch ein Mädchen, ein Teenager. Ah! Hat er etwa eine Familie? Eine Frau und womöglich sogar ein Kind?

Aber hätte er dann mit mir ...?

Eigentlich auch egal und unwichtig. Ich sollte nicht darüber nachdenken. Es ist ja seine Sache.

»Du bist so still. Was ist los?«, fragt Jana.

»Er hat ein Foto in seiner Geldbörse – das ist er mit einer blonden Frau und einem jungen Mädchen.«

Plötzlich dämmert es mir. Hat er im Zug am Telefon nicht was von *Schätzelchen* und *der Süßen* gesagt?

»Oh«, sagt Jana, doch dann fügt sie hinzu: »Aber es ist nur ein Foto. Was heißt das schon? Er kann ja auch getrennt sein.«

Da hat sie recht.

»Ich würde nicht gleich schlecht über ihn denken. Außerdem, warum interessiert dich das, wenn er sowieso nur ein One-Night-Stand für dich war? Und falls er tatsächlich vergeben sein sollte, ist das ja im Prinzip sein Problem, nicht deines.«

Ja genau, warum interessiert mich das überhaupt?

»Ja, schon. Aber trotzdem, wenn er tatsächlich jemanden hat, dann zeigt das doch auch, was er für ein Typ ist, wie er tickt«, versuche ich zu erklären, aber Jana durchschaut mich.

»Ha, du willst ihn doch wiedersehen, oder? Gib es zu! Wenn dem so ist, dann finde doch einfach heraus, was es mit der Frau und dem Mädchen auf sich hat.«

Ich seufze und winke ab. »Ist auch egal. Das Ganze hier ist sowieso totaler Unfug. Ich sollte wirklich meine Sachen packen und nach Hause fahren.«

»Ach Rikemaus, ich verstehe dich nicht. Jetzt genieße doch die paar Tage.«

»Das sagst du so leicht. Du hast ja keine Ahnung, wie es hier aussieht.«

»Ja, das mit der Pension ist schade, das konnte niemand ahnen. Aber überleg mal, wie aufregend schon die erste Nacht war. Pass auf, folge einfach deiner Liste, und wer weiß, was dann noch alles geschieht.«

Ich rolle mit den Augen. »Hm, vielleicht. Aber hier kann ich nicht bleiben. Es gibt kein warmes Wasser, keinen Fernseher, kein verdammtes WLAN. Wenn jetzt auch noch mein Datenvolumen plötzlich eingeschränkt wird, dann versauere ich! Wie soll ich denn ohne Facebook und E-Mails überleben?«

Sie kichert. »Du spinnst! Wenn du die Pension wirklich so furchtbar findest, dann geh zu dieser Inge, verlange dein Geld zurück und such dir was anderes. Aber streiche nicht gleich komplett die Segel. Leg dich an den Strand, geh am Meer spazieren, mach diese Schifffahrt. Du wirst sehen, damit entspannst du dich.«

Ich denke kurz nach. »Das mit dem Hotelwechsel ist keine schlechte Idee.« Spontan stehe ich auf und fange schon mal an, meine Sachen wieder in die Koffer zu stopfen. »Aber ist es nicht doch besser, wenn ich gleich nach Hause komme?«

Jana hat wohl langsam genug von meinem Theater, denn ihre sonst so ruhige Stimme wird auf einmal streng. »Du hörst nun sofort damit auf! Du hast das Meer vor der Tür und bist andauernd nur am Meckern. Wegen den unsinnigsten Dingen. Wegen Warmwasser und WLAN. Weißt du, wie viele Menschen sich nach einem solchen Urlaub sehnen und gerne mit dir tauschen würden? Sieh jetzt zu, dass du einfach mal Spaß hast. Und wehe, du jammerst noch einmal! Verstanden?«

»Ja, Mama«, sage ich nur und muss zugeben, dass sie ja irgendwie recht hat.

Als wir aufgelegt haben, rufe ich wegen Nils' Geldbörse in der Tischlerei an, doch es geht niemand ran. Dann muss ich es wohl später noch mal versuchen. Doch zuerst werde ich mal schauen, wo ich jetzt noch ein Frühstück herbekomme.

Etwas später betrete ich mit meiner gepackten Strandtasche die kleine Küche, wo es schon nach Kaffee duftet. Inge sitzt am Tisch, vor sich die Zeitung ausgebreitet, und als sie mich bemerkt, lacht sie mir fröhlich entgegen. »Guten Morgen, ich bin heute auch etwas später dran. Wissen Sie, wenn ich mal schlafe, dann wie ein Stein. Ich hoffe, Sie haben auch gut geschlafen?«

Ob sie etwas ahnt, von Nils und mir, von unserer Nacht? Aber ich werde den Teufel tun und ihr etwas verraten.

»Ja, einigermaßen«, antworte ich vielleicht etwas zu salopp, sodass sie nun ein wenig traurig wirkt. *Einigermaßen* klingt ja auch nicht nach hellauf begeistert. Deshalb füge ich hastig hinzu: »Aber die Anreise gestern war ja auch sehr anstrengend. Und na ja, alles andere eben auch.«

»Aber natürlich.« Sie steht auf. »Ich weiß, diese Pension ist nicht das, was Sie erwartet haben. Aber das wird schon. Ich werde mein Bestes geben, damit Sie sich wohlfühlen. Das Frühstück habe ich schon vorbereitet, Brötchen besorgt, etwas Wurst und Marmelade. Ein Frühstücksei habe ich auch gekocht. Es ist nicht viel, aber ich gehe später noch in den Supermarkt, damit genug im Haus ist.«

Sie zieht blau-weiß gemustertes Geschirr aus dem Schränkchen und stellt es auf den Tisch. Dann richtet sie alles andere an, auch eine Kanne Kaffee.

»Danke schön, das ist sehr lieb von Ihnen«, sage ich, doch sie winkt ab.

»Das ist doch das Mindeste. Und bitte nennen Sie mich Inge.«

»Schön, Inge, ich bin Rike.«

»Nun denn, Rike, lass es dir schmecken.« Sie schenkt mir eine Tasse Kaffee ein und setzt sich zu mir. »Und was hast du heute so vor?«

»Eine Schifffahrt«, antworte ich ganz spontan.

Lächelnd nickt sie. »Eine gute Idee. Es gibt reichlich zu sehen bei uns, es wird dir bestimmt gefallen. Vom Hafen aus kann man die Seehundbänke ansteuern und die Insel Neuwerk und auch Helgoland – ein wirklich tolles Erlebnis. Weißt du denn, wie du zum Hafen kommst?«

Ich schüttele den Kopf und bin erleichtert, als Inge mir erzählt, dass hier ganz in der Nähe zu jeder vollen Stunde die Bimmelbahn hält, die die Promenade entlang zum Hafen fährt. Jetzt ist es Viertel nach elf, das heißt, dass ich um zwölf die Bahn nehmen kann.

»Später, wenn du zurückkommst, koche ich dir dann etwas Warmes. Vielleicht Heilbutt oder einfach Backfisch«, sagt sie, und ich spüre ihren Tatendrang.

Jetzt oder nie, denke ich, schneide mir ein Brötchen auf und hole tief Luft. »Inge, das ist sehr lieb von dir, aber ich wollte dich fragen, ob es möglich wäre, dass ich mein Geld wiederbekomme. Ich würde mir gerne irgendwo anders ein Zimmer nehmen.«

Sie sieht mich eine Weile stumm an. »Oh«, entfährt es ihr schließlich, und ich fühle mich ganz elend. Weil sie so traurig aussieht. Aber irgendwann musste ich es mal aussprechen. Ich fühle mich hier nicht wohl, zumindest nicht besonders, und deswegen ist es das einzig Richtige.

Trotzdem ist mir, als müsste ich mich irgendwie rechtfertigen. »Es tut mir wirklich leid, aber es ist so: Das Warmwasser geht nicht, der Fernseher auch nicht richtig, das Bett knarzt und quietscht furchtbar, und im Bad ist so ein kleines Loch, wo …«

Während ich gesprochen habe, hat sie sich mit zusammengepressten Lippen ein Glas Wasser eingeschenkt, und ich sehe Tränen in ihren Augen schimmern.

»Alles okay?«, frage ich vorsichtig.

Sie winkt ab und versucht zu lächeln, aber es gelingt ihr nicht so recht. »Ja, natürlich. Das Geld bekommst du zurück. Ich kann dich ja auch wirklich verstehen, es ist hier einfach nicht mehr so, wie es mal war.« Ein tiefer Schluchzer entfährt ihr.

»Es tut mir sehr leid, Inge, aber … aber die Pension …«

»Ist ein Alptraum, ich weiß.« Sie kramt in ihrer Schürze nach einem Stofftaschentuch. Es ist dunkelblau, hat ein gesticktes Krebsmotiv am Rand, und sie prustet kräftig hinein. »Dabei war es früher einmal sehr schön. Meine Mutter Betty hat die Pension in den Fünfzigerjahren eröffnet. Das Haus war beliebt und immer sehr gut besucht. Klein, aber fein. Ein Ort, um Ruhe zu haben. Aber nun kann es nicht mehr mit den modernen Häusern mithalten. Die Gäste wurden immer weniger, und irgendwann war auch kein Geld da, um alles von Grund auf zu renovieren. Das ging schon los, bevor meine Schwester Margarete krank wurde. Na ja, und dann war da zuletzt noch dieser Sturm, der das Dach beschädigt hat. Die Heizung funktioniert auch seit ein paar Wochen nicht mehr richtig. Es ist schrecklich. Ich muss mich wahrscheinlich endgültig damit abfinden, dass ich die Pension unserer Familie nicht mehr halten kann. Mir tut das im Herzen weh. Meine Mama hing so an diesem Haus. Es war ihr ganzer Stolz und alles, was ihr wichtig war, nachdem mein Vater gestorben war. Es war ihr Schritt in die Selbstständigkeit.«

Ich schlucke. »Das tut mir leid, sehr leid.«

»Nein, nein, du kannst nichts dafür. Du hast ja auch hart für deinen Urlaub gearbeitet – und dann das. Diese Buchung hätte gar nicht passieren dürfen. Aber ich hatte mich so über die Anfrage gefreut und dachte, mal sehen, vielleicht bekomme ich es irgendwie hin.« Eine Träne kullert aus ihren Augen, und sie wischt sie eilig weg. »Aber ich verderbe dir mit meinem Gejammer noch den ganzen Tag. Du wolltest doch aufs Schiff, das wird dir sicher gefallen. Die Bahn fährt in einer halben Stunde.« Zaghaft lächelt sie mich an. »Iss ruhig noch fertig. Ich ziehe mich für eine Weile zurück.«

Nachdem Inge sich verabschiedet hat, steckt mir unser Gespräch noch tief in den Gliedern. Und irgendwie denke ich plötzlich darüber nach, wie man das alte Haus retten könnte. Aber dann verwerfe ich den Gedanken erst mal wieder – ich will ja meinen Zug nicht verpassen.

Kurz vor zwölf stehe ich schließlich an der Haltestelle und warte, aber nicht lange, denn die kleine Bahn ist tatsächlich auf die Sekunde pünktlich. Ich zahle vier Euro, steige ein, und es geht ratternd die Promenade entlang.

Wie hübsch und harmonisch hier alles aussieht. Die Wege sind aus sandgelbem und rötlichem Asphalt, liebevoll angelegte Blumenbeete leuchten in bunten, fröhlichen Sommerfarben. Auf weiß lackierten Holzbänken und kleinen Mauervorsprüngen kann man sitzen und hinaus aufs Wattenmeer blicken, das in der Sonne glitzert, denn das Wasser hat sich gerade ganz weit zurückgezogen.

Ich zücke mein Handy und schieße ein paar Fotos, fange das Schauspiel ein, diese beeindruckende Kulisse. Es ist wirklich schön hier, das muss ich sagen. Die Strandkörbe mit ihren blau-gelben oder weiß-blauen Stoffbezügen verbreiten sofort Urlaubsstimmung, Schiffe und Boote durchkreuzen das Wasser, und die Menschen tummeln sich im Sand oder wandern durchs Watt. Alles wirkt so lebendig.

Es dauert eine gefühlte Dreiviertelstunde, bis wir den Hafen erreichen und die Bimmelbahn an der Haltestelle *Alte Liebe* stoppt. Inzwischen bin ich ganz begeistert, und auch den Namen der Haltestelle finde ich unglaublich schön. Vielleicht war es ja wirklich keine so schlechte Idee, eine Schifffahrt zu unternehmen.

Entspannt schlendere ich an den kleinen Ständen entlang, an denen die Reedereien sich präsentieren, und bleibe schließlich vor der *Cux Jan II.* stehen. Abfahrt in einer Viertelstunde, das passt perfekt. Ich kaufe das Ticket, bekomme einen hübschen tintenblauen Stempel in Form eines Rettungsrings auf den Handrücken und begebe mich sogleich an Bord.

Ehrlich gesagt bin ich ja schon etwas aufgeregt. Ich bin noch nie mit einem Schiff gefahren. Gut, ich mag den Film *Titanic*, bin aber nicht so verrückt danach wie Jana. Doch die Szene, als Rose und Jack am Bug stehen und sich küssen, ist natürlich schon herzerwärmend. Wie sich die Finger der beiden verhaken und er ihr zärtlich ins Ohr singt ... Merkwürdigerweise schleicht sich bei diesem Gedanken Nils' Gesicht vor mein geistiges Auge, aber ich schiebe es rasch beiseite.

Mein Platz ist ganz in der Nähe der Reling, und es gibt sogar einen Kellner, bei dem ich mir eine Limonade bestelle. Einige Passagiere essen Backfisch, die Luft riecht frisch, nach Salz und Wind. Möwen umkreisen das Schiff, und als schließlich die Seile gelöst werden und der Kapitän sich über die Lautsprecher meldet, zaubert sein typischer Nordsee-Dialekt mir sofort ein Lächeln aufs Gesicht.

»Willkommen an Bord. Die Leinen sind gelöst, jetzt gibt es kein Zurück mehr«, erklingt seine fröhliche Stimme. »Wir verlassen bald den Hafen, aber vorher will ich Ihnen ein bisschen was erzählen.«

Er erklärt, was die einzelnen Schiffe im Hafen bedeuten und was deren Aufgabe ist. Ein Schiff gehört Krabbenfischern, die ihre Krabben direkt an Bord verarbeiten, außerdem gibt es Rettungsschiffe und Frachtschiffe, von wo aus uns ein paar Männer im Vorbeifahren zuwinken.

»Natürlich ranken sich viele Mythen um unsere Stadt am Meer. Eine erzählt von dem verschollenen Schmuck des bekannten Goldschmieds und Künstlers Konrad Abendrot, der angeblich hier eine Geliebte hatte und etwas ganz Außergewöhnliches für sie angefertigt haben soll. Eine Kette, die er *Ruf der Sehnsucht* nannte. Man hat sie zwar auf einem Bild entdeckt, das Schmuckstück selbst wurde jedoch nie gefunden.« Er lacht auf. »Aber nun fahren wir weiter hinaus aufs Meer, meine Damen und Herren, in Richtung der Seehundbänke. Dort warten noch mehr Geschichten auf uns.«

Ein verschollenes Schmuckstück, das ist ja spannend. Dieser Künstler muss die Frau wirklich sehr geliebt haben, wenn er der Kette, die er für sie angefertigt hat, den Namen *Ruf der Sehnsucht* gab.

Eine Weile sitze ich einfach nur da und blicke auf das Meer. Kleine Segelboote treiben an uns vorbei, der Hafen ist nun schon ein ganz schönes Stück entfernt. Und der Kapitän, der wirklich viel Humor zu haben scheint, erzählt weiter Wissenswertes und Lustiges über die See, das Land und die Leute.

Ich denke an die Pension, an Inge und daran, wie leid sie mir vorhin getan hat. Ob man da wirklich nichts machen kann?

Irgendwann beschließe ich, einen kleinen Rundgang über das Schiff zu starten. Ein paar Minuten bleibe ich an der Reling stehen, doch von den Seehundbänken mit ihren putzigen Bewohnern ist noch nichts zu sehen. Doch lange wird es nicht mehr dauern, zumindest sagt das der Kapitän. Und tatsächlich, am Horizont erkennt man schon leichte Sanderhebungen.

Als ich schließlich den Bug des Schiffes erreiche, weil ich denke, dass ich von dort einen besseren Blick auf die Seehundbänke habe, sehe ich mich verstohlen um. Wenn ich schon hier stehe, soll ich nicht doch mal diese bekannte Filmszene nachstellen? Die mit Jack und Rose? Oder ist das zu albern? Jana würde sich jedenfalls freuen. Also schön, warum nicht. Ich schaue mich noch mal um. Niemand in Sicht. Los, Rike, was ist denn schon dabei?

Doch gerade als ich es tun will, schlendert ein Pärchen auf mich zu. Gut, dann warte ich eben, aber plötzlich wird mir irgendwie mulmig zumute.

Merkwürdig. Vielleicht habe ich die Limonade nicht vertragen?

Blödsinn.

Ich starre aufs Meer, bis das Pärchen endlich weitergeht.

Jetzt oder nie.

Eilig stelle ich mich hin, strecke einen Arm zur Seite, mit der anderen Hand halte ich mein Handy fest und drücke ab.

»Ich bin die Königin der Welt«, murmele ich, aber so wirklich frei fühle ich mich nicht. Was aber daran liegt, dass dieses flaue Gefühl in meinem Magen immer weiter zunimmt.

Tief durchatmen, Rike.

Doch je mehr es schwankt, und je länger ich aufs Wasser blicke, desto schlimmer wird es.

Okay, vielleicht sollte ich mich wieder an meinen Platz setzen, vielleicht war es einfach nur keine so gute Idee, mich direkt an den Bug zu stellen. Das Ganze ist doch ohnehin albern.

Also gehe ich zurück, aber jeder Schritt macht es nur noch schlimmer. Dabei schaukelt es doch gar nicht so sehr.

Oh, oh, plötzlich merke ich, wie es mir die Kehle hinaufdrückt und mir übel wird, so unglaublich übel. Wo sind die Toiletten? Aber ich fürchte, das schaffe ich nicht mehr. Oder doch?

Da, oh Gott, zum Glück ein Schild!

Ich haste die schmale Treppe hinunter, stürme in den winzigen Raum, werfe die Tür hinter mir zu und reiße den Toilettendeckel hoch.

Und dann ist es auch schon geschehen.

Hier drin riecht es so furchtbar, nach Plastik und Abwasser, irgendwie wie in den Campingtoiletten.

Das mit der Schifffahrt war eine bescheuerte Idee.

Als ich fertig bin, versuche ich mich zusammenzureißen und verlasse die Toilette. Bestimmt bin ich ganz grün um die Nase. Wie peinlich.

Der Kellner, der mir vorhin noch die Limonade gebracht hat, bemerkt wohl meinen Zustand. »Geht's wieder?«, fragt er, und ich nicke. »Setzen Sie sich am besten wieder hin, und blicken Sie einfach ganz ruhig in die Ferne«, rät er mir.

Das tue ich dann auch, aber wirklich besser wird es nicht. Erst als er mir einen Reisekaugummi bringt, den ich eilig in den Mund schiebe, wird es ganz langsam wieder.

Da sitze ich nun also und starre auf die See. Tolle Idee, ganz klasse. Die Seehunde habe ich auch verpasst.

»Bei unserer ersten Schifffahrt wurde meiner Frau auch schlecht«, höre ich plötzlich eine Stimme, und ich drehe mich zu ihr um.

Ein nicht mehr ganz junger Mann lächelt mir zu, er ist schlank, die Haut faltig, das Gesicht gebräunt, die Haare grau. Vor ihm auf dem kleinen Tisch liegt ein Strauß roter Rosen.

»Als ich ein junger Bursche war, habe ich meine Frau auf diesem Schiff kennengelernt.« Er schwelgt sichtlich in Erinnerungen. »Es war ihre erste Fahrt mit einem Schiff, und ihr wurde unheimlich übel. Doch ich habe sie einfach in den Arm genommen, und so sind wir uns nahegekommen. Ich denke oft daran, dass die See uns verbunden hat«, erzählt er, und seine Augen glänzen.

»Sind Sie denn jemals wieder zusammen rausgefahren?«

Er lächelt. »Aber natürlich. Ständig, jede Woche. Denn irgendwann hat sie es geliebt, hier auf dem Schiff zu sein. Wissen Sie, so ist es oft. Manchmal geschehen Dinge, die man für furchtbar hält, dabei sind es genau diese Momente, die alles prägen, manchmal ein ganzes Leben. Wäre meiner guten Lore nicht schlecht geworden, wer weiß, ob wir dann jemals ein Paar geworden wären. Ja, ich denke, genau aus solchen Situationen ergibt sich der Spruch *Glück im Unglück*. Und wer weiß, wofür es bei Ihnen gut ist, dass Ihnen übel wurde.«

Dann steht er auf, ganz versunken in seinen Erinnerungen, und wirft die Rosen mit einem zärtlichen Blick hinunter auf die glitzernden

Wellen. »Jetzt hat das Meer sie für immer, und irgendwann komme ich auch dazu«, flüstert er.

Eine Gänsehaut überzieht meinen gesamten Körper. Seine Worte gehen mir nahe. *Glück im Unglück*, einfache Worte, die man oft so unbedacht ausspricht. Doch sie haben eine große Bedeutung. Ist diese Reise eventuell auch Glück im Unglück für mich? Ist das alles hier für etwas gut? Verbergen manche Situationen mehr, als wir glauben?

Mit diesem Gedanken blicke ich hinaus auf die See. Ist es am Ende kein Zufall, dass wir den unterschiedlichsten Menschen begegnen? Und was, wenn es auch kein Zufall ist, dass ich diesem Mann begegnet bin?

Ein alter Brief und ein neuer Plan

Als das Schiff am Ende der Fahrt angelegt hat und ich endlich wieder sicheren Boden unter den Füßen habe, fühlen sich meine Knie wie Butter an. Die Worte des Mannes hallen noch immer durch meinen Kopf, doch ich vergesse sie schlagartig, als mir die Bimmelbahn vor der Nase wegfährt. Das darf ja wohl nicht wahr sein! Laut Fahrplan sollte sie doch erst in fünf Minuten abfahren.

Doch ich atme tief durch und nehme mir fest vor, mich nicht darüber zu ärgern. Was soll's, das Wetter ist schön, die frische Luft tut mir gut. Also warum nicht ein Stück zu Fuß zurückgehen? Ich kann ja von Haltestelle zu Haltestelle tingeln und eine spätere Bahn nehmen.

Aber so gut der Gedanke erst war, irgendwann fangen meine Füße dann doch an zu brennen, und ich beschließe, eine kurze Rast am Strand einzulegen.

Das Meer ist noch immer verschwunden. Der Wind treibt den Geruch von Salz durch die Luft, und als meine nackten Füße im Sand versinken, spüre ich doch dieses Urlaubsgefühl. Wohlig grabe ich meine Zehen in den warmen Boden, lege den Kopf zurück und lasse mir die Sonne ins Gesicht scheinen.

Ach herrje. Bin ich etwa eingeschlafen? Ich schrecke hoch und greife hektisch nach meinem Handy. Es ist bereits nach drei. Ich war doch tatsächlich eine ganze Stunde lang einfach weggedöst. Das ist zwar ganz und gar untypisch für mich, aber es war wirklich schön.

Ich setze mich auf und betrachte das Meer, das nun langsam wieder zurückkommt. Und auch ich sollte mich nun auf den Weg machen, schließlich will ich mir noch ein anderes Hotel suchen.

Seufzend stehe ich auf und lasse den Blick über den Strand wandern, über die vielen kleinen Muscheln und die bunten Steine, als ich plötzlich vor mir im Sand ein kleines grünes Etwas entdecke. Eine Muschel ist es nicht. Ob es ein Stein ist? Ein Edelstein? Könnte sein. Jedenfalls sieht er sehr hübsch aus. Seine Kanten hat das Wasser glatt geschliffen, und die Strahlen der Sonne brechen sich darin.

»Selbst aus kaputten Dingen, die wir unachtsam wegwerfen, macht das Meer noch etwas Schönes«, höre ich plötzlich eine Stimme neben mir. Eine ältere Frau mit grauen, gelockten Haaren und unglaublich intensiven grünen Augen mustert mich. Es sind Augen, die einem sofort in Erinnerung bleiben und bei denen man sich fragt, was sie wohl schon alles erlebt haben.

Als ich sie fragend ansehe, lächelt sie. »Was Sie da gefunden haben, war mal eine Glasscherbe. Seeglas oder Meerglas nennt man diese vom Meer geschliffenen Stücke auch. Für viele ist es nur wertloser Müll, aber für mich sind es Schmuckstücke, die das Meer uns schenkt.«

»Ja, sie ist wirklich schön«, sage ich, während ich die Scherbe ganz genau betrachte.

»Ich habe immer gerne danach Ausschau gehalten. Es gibt sie in allen möglichen Farben und Formen, meistens sind es kleine Bruchstücke«, erklärt sie mir. »Wissen Sie, das zeigt mir, dass man selbst Dingen, die scheinbar schief laufen, etwas Gutes abgewinnen kann. Dass man gerade aus schlechten Erlebnissen immer noch etwas machen kann. Und dass vielleicht mehr dahintersteckt, als man vermutet. Manchmal lohnt es sich, hinter die Fassade zu blicken.«

Sie lächelt, und ich lächle zurück, denn irgendwie lösen ihre Worte eine warme Gefühlswelle in mir aus.

»Ja, vielleicht haben Sie recht«, sage ich nachdenklich. Manchmal lohnt es sich vielleicht wirklich.

»Machen Sie es gut, meine Liebe. Genießen Sie die Zeit am Meer. Zeit ist so kostbar«, flüstert sie.

Dann geht sie einfach weiter, aber ihre Worte bekomme ich nicht mehr aus dem Kopf. Kurz betrachte ich noch das Stück Glas in meiner Hand, dann stecke ich es ein.

Als ich zurück in die Pension komme, ist Inge nicht da. Bevor ich mich auf die Suche nach einem anderen Hotelzimmer mache, beschließe ich, noch eben kurz zu duschen. Doch dann erinnere ich mich wieder, dass es nur kaltes Wasser gibt, und lasse es sein.

Ich rufe meine Nachrichten auf und sehe auf Facebook einen Post meiner Kollegin Jenny, in dem sie einen besonderen Biergarten anpreist, den sie wohl ausfindig gemacht hat.

Wie diese Frau mir auf die Nerven geht. Und ich bin hier und versauere, während sie sich mehr und mehr meinen Job greift. Darin kann ich absolut nichts Gutes erkennen.

Ich setze mich aufs Bett und denke nach. Über den Tag, über die Begegnungen mit dem Mann auf dem Schiff und der Frau am Strand. Ihre Worte sagen im Prinzip das Gleiche aus, nur jeweils auf ihre eigene Art und Weise.

Bin ich zu verbissen? Und malen wir allgemein immer alles zu schnell schwarz? Sind vermeintlich schlechte Dinge oft gar nicht so schlecht? Ist das der Schlüssel zum Glücklichsein? Muss man sich einfach nur öfter daran erinnern, auch das Gute zu sehen und nicht immer nur das Schlechte? Blöder Urlaub, kein WLAN, kein Warmwasser, doofe Kollegin …

Macht man sich das Leben oft selbst viel zu schwer, weil man vor lauter Wolken keinen Himmel mehr sieht? Weil man glaubt, der Horizont ist zu weit entfernt?

Ich ziehe das Meerglas, das ich am Strand gefunden habe, aus der Hosentasche und lasse es durch meine Finger wandern. Ja, so etwas Schönes entsteht aus einer kaputten Flasche. Aus einem Gegenstand, der eigentlich völlig wertlos erscheint, geht doch etwas Neues hervor. Auch aus alten Dingen kann man noch etwas Besonderes machen.

Meine Gedanken kreisen. Ist das vielleicht die Idee? Die Lösung des Problems? Gut, diese Pension hier ist alt. Aber der Name ist originell. *Sommertraum*. Lohnt es sich, hinter die Fassade zu blicken? Das Haus hat seinen Namen sicher aus einem ganz bestimmten Grund erhalten. Welcher das wohl ist?

Auf einmal rutscht mir das Meerglas aus der Hand und rollt unter die Kommode, über der das hübsche Gemälde mit der Frau hängt. Ich gehe auf die Knie und blicke darunter. Das Meerglas ist bis ganz nach hinten an die Wand gerollt, sodass ich mit den Fingern nicht rankomme. Mir bleibt also nichts anderes übrig, als die Kommode zur Seite zu schieben.

Als ich mit der Hand hinter die Kommode greife, raschelt es. Da steckt doch tatsächlich etwas in der Rückwand. Ein Stück Papier, das schon ziemlich vergilbt aussieht. Ganz ehrfürchtig greife ich danach. Es scheint sich um einen alten Brief zu handeln. Die Schrift ist etwas verschnörkelt und nicht ganz leicht zu entziffern, aber ich versuche es.

Meine geliebte B.,
mit schwerem Herzen verlasse ich erneut dich

und unseren Sommertraum. Ich bin traurig darüber, dass unsere Liebe in aller Heimlichkeit stattfinden muss. Aber ich weiß auch, dass es nun mal nicht leicht ist.
Ich freue mich schon darauf, dich wiederzusehen, denn dass ich dich gefunden habe, ist unglaublich. Wir sind zwei Herzen, die auf der Suche waren und jetzt miteinander verbunden sind. Und du weißt, es ist nur ein Abschied auf Zeit, bis zum nächsten Sommer.
Ich liebe dich und denke jede Minute in Sehnsucht an dich.
Dein K.

Ein heimliches Liebespaar also, hier in der Pension, vor langer Zeit. Mein Puls geht schneller, und in meinem Kopf fängt es an zu rattern. Das kann doch nicht sein. Dieser Brief, dass ich ihn gerade jetzt finde. Die Gedanken werden immer größer, immer heftiger. Was man aus diesem Brief machen könnte, was für eine Geschichte man daraus spinnen könnte ...

Mit dem Brief in der Hand gehe ich nach unten und suche Inge. Glücklicherweise finde ich sie in der Küche.

»Hallo Liebes, wie war die Fahrt mit dem Schiff?«, fragt sie, während sie ein paar Einkäufe in die Schränke räumt. »Ich bin gerade vom Supermarkt zurück. Das Essen ist bald fertig, dann musst du nicht mit leerem Magen fort.«

Ohne auf ihre Worte einzugehen, sprudelt es einfach aus mir heraus: »Ich habe etwas gefunden, etwas Unglaubliches!«

Sie wendet sich mir zu. »Tatsächlich? Was denn?«

»Einen alten Brief. In der Muschelsuite, hinter einer Kommode. Er muss irgendwann hinuntergefallen und in der Rückwand stecken geblieben sein. Sicher hat ihn deswegen auch noch niemand vor mir entdeckt.«

Jetzt habe ich ihre Aufmerksamkeit. »Wie bitte? Ehrlich? Aber das ist ja ... Steht denn etwas Besonderes in dem Brief?«

»Ja, es klingt ziemlich aufregend. Anscheinend war früher mal ein Liebespaar zu Gast, das sich immer im Sommer heimlich hier getroffen hat. So kann man es jedenfalls interpretieren.«

Ich reiche ihr den Brief, und sie mustert ihn. »Kein Datum drauf, kein Name. Aber ja, es klingt danach. Wie schön, das ist eine nette Geschichte.«

»Das finde ich auch. Und nicht nur das, Inge. Diese Geschichte hat mich auf eine Idee gebracht.«

Sie runzelt die Stirn. »Auf eine Idee? Auf was für eine Idee denn?«

»Ja also, es ist so, ich bin von Beruf Eventplanerin«, sage ich und räuspere mich. »Und ich glaube, dass wir deine Pension retten können, dass wir sie zu etwas Besonderem machen können. Natürlich nur, wenn du das möchtest.«

Ihre Augen werden ganz groß und glasig. »Aber ja, natürlich möchte ich das gerne. Doch das klingt jetzt so einfach. Ich kann dir noch nicht folgen. Was hast du dir denn ausgedacht?«

Und dann erzähle ich ihr von meinem Plan. Davon, wie sehr die Leute heutzutage auf den Vintage Stil stehen, auf echte Geschichten, die faszinieren, die berühren, und wie man die Geschichte in dem Brief mit der Pension verbinden könnte. Dass wir dem Haus mit genau dieser romantischen Geschichte neues Leben einhauchen könnten – wenn wir sie interessant darstellen, wenn wir daraus etwas ganz Großes machen. Ich schweife aus, verspinne mich in meinen Ideen, und Inge lauscht mir ganz konzentriert.

Als ich geendet habe, lässt sie sich auf den Stuhl neben mich sinken und streicht mir über den Arm. »Liebes, das ist ja alles schön und gut. Und es klingt auch wirklich durchdacht – bis auf eine entscheidende Kleinigkeit. Wie willst du denn die Pension so schnell auf Vordermann bringen? Gut, die Zimmer könnten wir rasch hinbekommen. Aber das Dach und die Sache mit dem Wasser, das ist nicht so leicht. Und es ist mit erheblichen Kosten verbunden, doch das Geld habe ich nicht. Davon mal abgesehen, dass die meisten Handwerker den Sommer über gut mit Aufträgen eingedeckt sind. Und na ja, letztendlich ist da immer wieder das Geld und …«

Ich winke ab. »Lass dich überraschen, ich habe da schon eine Idee.«

Denn ich glaube, dass eine ganz bestimmte Begegnung, die ich hatte, uns jetzt weiterhelfen kann.

Gern geschehen

Rhode & Ott steht auf dem Schild über dem kleinen Laden, an den sich eine Werkstatt anschließt. Als ich die Tür öffne, läutet es im hinteren Bereich des Gebäudes zweimal.

»Moment bitte, es kommt gleich jemand«, ruft daraufhin eine Männerstimme.

Ich sehe mich um. Hübsche Möbelstücke sind hier ausgestellt, mit feinen Verzierungen und Einlegearbeiten. Es duftet nach Holz, Politur und Lack, und irgendwo kreischt eine Säge. Wahrscheinlich hinten in der Werkstatt.

Kurze Zeit später höre ich Schritte, und schon im nächsten Moment steht Nils vor mir. Er sieht immer noch so gut aus wie gestern und heute Nacht. Die Haare sind ein wenig zerzaust, er trägt ein weißes, enges Shirt, knielange Jeans und an den Füßen lederne Arbeitsschuhe.

Sofort macht sich wieder diese Wärme in meinem Bauch breit. Reiß dich zusammen, ermahne ich mich, schließlich hast du eine Mission!

»Rike? Was machst du denn hier?«

Er wirkt sichtlich verlegen. Ob es ihm unangenehm ist, mich zu sehen? Was mich auf einmal wieder an das Foto in der Geldbörse erinnert.

»Ich, ähm ...« Mist, was sage ich denn jetzt? Ist ja auch merkwürdig, dass ich so plötzlich vor ihm stehe.

Glücklicherweise erlöst er mich mit der nächsten Frage. »Und? War es so romantisch wie im Film?«

Erst überlege ich, woher er das mit der Schifffahrt weiß, doch dann deutet er auf meine Hand. Auf den Stempel, den ich verpasst bekam, als ich an Bord gegangen bin.

»Na ja, um ehrlich zu sein, nein. Mir wurde furchtbar schlecht, und ich habe einen ziemlich großen Teil der Fahrt auf der Toilette verbracht. Es war fürchterlich. Ich hatte mir das echt ganz anders vorgestellt. Aber jetzt weiß ich es wenigstens.«

Er lacht laut auf. »Überleg mal, was gewesen wäre, wenn es Rose auf der *Titanic* so ergangen wäre. Die beiden wären sich bestimmt niemals begegnet, weil Rose schon vorher über die Reling gesprungen wäre.«

Ich seufze. »Ja, und dabei wirkt es im Film so romantisch.«

»Soll ich dir sagen, was wirklich romantisch ist?«, fragt er und macht einen Schritt auf mich zu. Schon ist da wieder dieses Flattern in meinem Magen. »Hast du auf dem Schiff zufällig einen Mann mit einem Blumenstrauß gesehen?«

Ich muss nicht lange nachdenken, denn ich habe ja mit dem Mann gesprochen. »Ja, das habe ich, er war sehr nett.«

Sofort macht sich das Bild in meinem Kopf breit, wie er dasaß, vor ihm auf dem Tisch die Rosen. Sein Blick aufs Meer, der so voller Sehnsucht war, als würde er ganz intensiv nach jemandem suchen. Und seine Worte, die mich so berührt haben, die mich zum Nachdenken gebracht haben.

»Das war Ewin«, erklärt er. »Wusstest du, dass er jeden Tag aufs Meer hinausfährt und Rosen für seine verstorbene Frau ins Wasser wirft?«

Ich schüttle den Kopf. Das wusste ich nicht. Ja, er hat erzählt, dass das Meer sie für immer hat. Seine Frau, seine große Liebe. Aber dass er sie jeden Tag auf See besucht, ist wirklich unglaublich rührend. Ohne dass ich es will, überzieht eine Gänsehaut meine Arme.

»Jeden Tag?«, frage ich, und er nickt. »Das wusste ich nicht.«

»Ja, jeden einzelnen Tag seit zwei Jahren. Du siehst, es muss nicht immer das große Kino sein.«

»So weise Worte aus deinem Mund erschrecken mich ja beinahe«, versuche ich, die Situation etwas aufzulockern.

»Tja, stille Wasser sind tief, nicht wahr?« Er reibt sich die Hände. »Also raus mit der Sprache, was bringt dich hierher?«

Während ich in meiner Tasche nach seiner Geldbörse krame, öffnet sich die Ladentür, und eine blonde Frau erscheint im Türrahmen. Das kann ja wohl nicht sein! Das ist doch die Frau von dem Foto! Kurz mustert sie mich, dann wendet sie sich an Nils. »Wenn du hier fertig bist, hast du dann eine Sekunde?«

»Klar, ich komme gleich. Einen Moment noch, ja?«

Sie nickt stumm und verlässt ohne ein weiteres Wort den Laden.

Ich lege die Geldbörse auf den Tresen. »Die hier hast du bei mir liegen lassen.« Meine Stimme wirkt plötzlich deutlich kühler, was mich selbst überrascht.

Aber ich weiß nicht, ob er es wirklich bemerkt, denn er antwortet: »Oh, vielen Dank, ich habe sie schon vermisst, dachte aber, dass ich sie irgendwo am Strand verloren habe. Es ist nett, dass du sie mir bringst.«

»Gern geschehen.«

Grinsend will er danach greifen, doch ich ziehe sie von ihm weg. »Ich habe übrigens hineingesehen.« Belustigt zieht er eine Augenbraue nach oben, und ich räuspere mich. »Nur dass du es weißt, so was wie heute Nacht ... ich mache so was eigentlich nicht. Also, Männer mit nach Hause zu nehmen. Und schon gar keine Männer, die gebunden sind. Aber das musst du mit dir selbst ausmachen.«

Er sieht mich ernst an. »Davon bin ich auch nicht ausgegangen. Und um genau zu sein, ich mache das eigentlich auch nicht. Und ich ...« Er zögert einen Moment, dann scheint der Groschen bei ihm zu fallen. »Moment mal, gebunden? Du spielst auf das Foto an, oder? Aber hör mal, du hast das ganz falsch verstanden, das ist ...«

Ich hebe die Hand. »Ach ja? Wirklich? Pass auf, Nils, es ist mir egal, was du machst. Auch wenn ich das wirklich nicht gut finde. Hätte ich es gewusst, dann hätte ich dich sicher nicht ...« *Verführt* will ich noch sagen, doch ich schlucke das Wort hinunter. Sein Blick ist immer noch auf mich gerichtet. »Doch keine Angst, von mir wird niemand etwas erfahren. Vorausgesetzt, du kannst mir auch einen Gefallen tun, denn ich brauche deine Hilfe.«

Er lacht. »Wie bitte? Meine Hilfe?«

»Ja, du bist doch Handwerker. Schreiner oder was auch immer.«

»Schreiner oder was auch immer. Ja, so kann man es auch nennen.« Er runzelt die Stirn. »Also was möchtest du genau von mir?«

»Ich möchte, dass du mir hilfst, die Pension *Sommertraum* zu renovieren«, sage ich geradeheraus.

Oh Himmel, was tue ich da nur? Warum sollte er das tun? Was habe ich mir überhaupt dabei gedacht?

»Es springt auch was für dich dabei raus«, fahre ich rasch fort. »Ich ... ich habe mir da schon was überlegt. Wenn es klappt, dann bekommst du eine Provision gemessen am Umsatz. Und na ja, mein Schweigen ist dir dann sowieso sicher«, platze ich schließlich heraus, ohne lange über den letzten Satz nachgedacht zu haben.

»Dein Schweigen? Willst du mich erpressen? War das dein Plan, als du mir den Geldbeutel gebracht hast?«

»Erpressen? So würde ich es nicht nennen.« Er zieht eine Augenbraue nach oben. »Es soll nur heißen, dass ich sehr diskret bin.«

Er macht einen Schritt nach vorne, und mit einem Mal sind wir uns wieder ganz nah. In meinem Bauch kribbelt es. »Nun, das kommt in der Tat überraschend.« Er schmunzelt.

»Heißt das *ja*?«

Er tritt zurück und wirkt kurz nachdenklich, doch dann lächelt er wieder. »Mal sehen, ich schaue mir das Ganze jedenfalls an.«

Oh mein Gott, ich kann es kaum glauben, es hat funktioniert! Ich beiße mir auf die Lippe, reiße mich dann aber zusammen und sage so entspannt wie nur möglich: »Danke, das ist wirklich sehr nett von dir.«

»So bin ich eben. Also gut, ich gebe drinnen kurz Bescheid, dass ich wegmuss, dann können wir los.«

»Ehrlich? Sie würden wirklich das Dach reparieren und für das Warmwasser sorgen und ...« Inge reibt sich die Schläfen. Ihre Stimme bricht, und sie atmet tief durch. »Aber so lieb das auch ist, es geht nicht. Das kann ich niemals bezahlen. Nie, bis an mein Lebensende.«

Ihr Blick wandert von Nils zu mir, dabei schüttelt sie den Kopf. Sie scheint es nicht fassen zu können, was wir ihr gerade erzählt haben. Vor allem, nachdem ich ja schon alles hinwerfen und abreisen wollte. Doch dann haben sich die Ereignisse überschlagen, was vor allem an den Worten des Mannes auf dem Schiff und der Frau vom Strand lag. Diese Begegnungen haben mich so berührt, dass ich jetzt einfach fest entschlossen bin, Inge zu helfen, die Pension wieder auf Vordermann zu bringen. Denn ich habe das Gefühl, dass man wirklich etwas daraus machen könnte.

»Ich weiß, das kommt jetzt alles sehr plötzlich. Aber glaub mir, wenn wir die Sache richtig aufziehen, dann wirst du dich vor Gästen nicht mehr retten können«, sage ich voller Tatendrang zu ihr. »Weil es genau das ist, was ich kann. Etwas aufbauen, etwas erschaffen, es mit Werbung und Anzeigen bekannt machen. Ich bin mir sicher, das wird ein Erfolg. Vielleicht ist es für etwas gut, dass ich hier bei dir gelandet bin. Jetzt kann ich mein Wissen nutzen und für dich einsetzen. Und Nils erhält einen Lohn für seine Arbeit, sobald wieder Gäste kommen. Eine Art Provision. Also was meinst du?«

Erst befürchte ich schon, dass sie meinen Vorschlag ablehnen wird, aber dann wendet sie sich Nils zu. Unsicher blickt sie ihn an. »Sie wollen das wirklich machen, junger Mann? Einfach so? Sie kennen mich doch überhaupt nicht und …«

Er lächelt ihr zu. »Wissen Sie, ich finde die Idee gut und helfe gerne. Wirklich. Kein Problem.«

Inges Augen beginnen, feucht zu glänzen. »Ich weiß gar nicht, was ich sagen soll, ich …« Sie holt das blaue Krebstaschentuch aus ihrer Schürze und trötet ein paarmal kräftig hinein.

Währenddessen ertappe ich mich dabei, wie ich Nils anstarre. Viel länger, als ich es eigentlich tun sollte. Es ist wirklich so nett von ihm, dass er uns hilft. Wer hätte das gedacht? Okay, ich habe ihn ja auch irgendwie dazu gedrängt, was ich inzwischen aber schon wieder bereue. Zu schade, dass er vergeben ist, dass er eigentlich ein ziemlicher Schuft ist.

Als sich unsere Blicke treffen, werde ich rot. Er scheint bemerkt zu haben, dass ich ihn anstarre, denn er räuspert sich laut und sagt mit fester Stimme: »Ich komme morgen wieder, dann packen wir es an. Und ich bringe auch noch ein paar Helfer mit.«

»Wirklich?«, fragt Inge zaghaft. »Aber Sie haben doch bestimmt auch noch etwas anderes zu tun. Handwerker sind doch immer gut beschäftigt.«

»Kein Problem.« Nils blickt nicht Inge, sondern mich unverwandt an. »Das kann ich verschieben. Sehr gerne sogar.«

Eine blöde Idee

Voller Elan stehe ich am nächsten Morgen auf. Noch fast bis Mitternacht habe ich einen Plan entwickelt, habe nachgedacht, getüftelt, mir überlegt, wie wir an Gäste kommen, und Listen angelegt, wie wir am besten vorgehen, um das Haus wieder vorzeigbar zu machen. Ja, es wird viel Arbeit, aber ich bin sicher, wir schaffen es. Und ich will es schaffen. Ich bin motiviert und spüre diesen Tatendrang.

Als Nils wie versprochen eintrudelt, den Werkzeuggürtel um die Hüften, ist mit einem Mal Leben im Haus. Er hat einen Freund mitgebracht, Jens, der den Garten in Ordnung bringen soll, sowie einen jungen Burschen namens Hajo, anscheinend ein Azubi, der sich sogleich daran macht, alle Möbel zu überprüfen. Währenddessen waschen Inge und ich die Gardinen, wischen die Böden, polieren die Tische, die Möbel und die Theke und bringen die Zimmer auf Vordermann, so gut es geht.

Und Nils schließlich kümmert sich um die Reparaturen am Haus, um das Warmwasser, die Risse in den Wänden, und er steigt sogar hinauf aufs Dach. Zwischendurch fährt er immer mal wieder in die Firma, um dort nach dem Rechten zu sehen. Er hat ja auch noch andere Dinge zu tun.

Die Zeit verfliegt so schnell, dass wir gar nicht merken, dass es auf einmal Nachmittag geworden ist. Mittlerweile ist noch ein Maler hinzugekommen, der ebenfalls mit Hand anlegt. Mehr und mehr wird die Pension zu neuem Leben erweckt, und in den nächsten Tagen wird alles immer schöner. Klar wird hier und da getrickst. Kleine Löcher in der Wand werden auch mal mit Bildern kaschiert, Unebenheiten im Fußboden mit Teppichen belegt.

Und natürlich ist auch nach ein paar Tagen noch nicht alles wie neu, aber es ist sauber, gemütlich, urig – im positiven Sinne –, und ich bin sicher, dass viele Gäste genau deswegen gerne kommen werden.

Ich kümmere mich um die Werbung, arbeite Presseartikel aus, versende E-Mails. Im Mittelpunkt steht immer die Geschichte aus dem Brief, die ich noch etwas ausarbeite. Ein Liebespaar, das hier seinen Sommertraum lebte. Von meinem Job in der Agentur weiß ich, dass eine Sache einfach nur ins rechte Licht gerückt werden muss. Auf diese Weise konnte ich schon viele Events verkaufen.

»*Sommertraum.* Der Name ist so schön, aber weißt du, warum die Pension so heißt?«, frage ich Inge irgendwann, als wir die Betten auslüften und neu beziehen.

Sie zuckt mit den Schultern. »Ich habe keine Ahnung. Auch meine Schwester wusste es nicht. Wir haben Mama nie wirklich danach gefragt, sie war in dieser Hinsicht sehr verschlossen. Klar ist nur, dass sie der Pension diesen Namen gab, als sie sie eröffnet hat.«

»Das bringt mich auf einen Gedanken. Was hältst du davon, wenn wir hier in der Pension ein Sommerfest organisieren, sozusagen ganz im Zeichen der Liebe und der Träume. Der Sommerträume.«

Inge klatscht begeistert in die Hände. »Was für eine schöne Idee!«

Und so gehe ich auch die Organisation dafür an. Alles entwickelt sich gut, und es gibt viele Leute, auch einheimische Geschäfte, die Interesse daran zeigen.

Als ich gerade mit Inge den Flyerentwurf für das Sommerfest bespreche, steht Nils plötzlich in der Tür. Wie jeden Tag sieht er unheimlich gut aus, und mein Herz fängt an, schneller zu schlagen.

Er streicht sich durchs Haar und lächelt leicht. »Mädels, ich habe was gefunden, das euch interessieren dürfte. Ihr müsst euch das unbedingt mal ansehen.«

Neugierig folgen wir ihm, und er führt uns tatsächlich in meine Muschelsuite! Ausgerechnet hier hat er etwas entdeckt?

Wie angenehm sommerlich es jetzt im Raum duftet. Die Luft ist durchtränkt von einem zarten Blütenaroma, und die Gardinen und Teppiche wirken durch das Ausklopfen und Reinigen wie neu. Wie frische Wäsche und ein poliertes Badezimmer doch gleich das Ambiente eines Raumes verändern können.

Nils bleibt vor einem Loch in der Wand stehen. »Das Bild hier ist runtergeknallt, während ich gearbeitet habe. Dahinter habe ich diesen Hohlraum entdeckt.«

Das ist ja das Bild mit der Frau, die sehnsüchtig aufs Meer blickt. Das Bild, das mir gleich an meinem ersten Abend aufgefallen ist.

Nils holt eine hölzerne Schatulle aus dem Hohlraum und öffnet den Deckel. Die Scharniere scheinen ein wenig eingerostet zu sein, denn es quietscht ziemlich, was mir einen Schauder den Rücken hinabschickt.

Und was er dann aus der Schatulle herausholt, verschlägt mir beinahe den Atem. Eine unglaublich hübsche Kette aus gleichmäßig runden, schneeweißen Perlen mit einem Anhänger in Muschelform, der aussieht wie ein goldener Diamant.

»Bernstein«, erklärt Nils. »Das Gold der Nordsee. Könnte sehr wertvoll sein.«

»Gold der Nordsee?«, frage ich.

Nils nickt. »Bernstein wurde hier früher oft gefunden, und man findet ihn noch immer. Er ist sehr beliebt und teilweise auch wertvoll.«

Andächtig betrachte ich die Kette. »Die ist ja unglaublich hübsch. Was hier wohl noch für Geheimnisse schlummern?«, frage ich beinahe zaghaft in die Stille des Raumes.

Was auch immer es ist, ich kann kaum erwarten, es zu erfahren.

Etwas später sitzen wir alle zusammen mit einem Glas Wein in Inges Küche, lesen die Briefe, die wir ebenfalls in der Schatulle gefunden haben, und können das Ganze immer noch nicht glauben.

Die Briefe stammen alle von einem Mann, einem gewissen *K.*, und einer Frau, die immer mit *B.* unterschrieben hat – genau wie in dem Brief, den ich hinter der Kommode gefunden habe. Also muss es sich um dasselbe Liebespaar handeln.

Jeden Sommer haben die beiden sich hier in der Pension getroffen, und die Kette sollte die Frau immer daran erinnern, dass sie in seinem Herzen ist. Auch wenn er sie immer wieder verlassen musste.

»Vielleicht ist er ja zur See gefahren?«, überlegt Inge.

»Könnte sein.« Ich finde, das hört sich schlüssig an.

»Gibt es denn Aufzeichnungen darüber, wer hier zu Gast war?«, möchte Nils wissen.

Inge zuckt mit den Schultern. »Soviel ich weiß, gab es irgendwo ein paar alte Gästebücher. Ich könnte mal auf dem Dachboden nachsehen.«

»Das ist eine gute Idee«, pflichte ich ihr bei, »vielleicht finden wir dann noch mehr darüber heraus.«

»Es ist jedenfalls sehr geheimnisvoll und spannend.« Inge seufzt ganz tief, und auch ich muss zugeben, dass ich wirklich gerührt bin.

»Und wer weiß, diese Kette ...« Nils betrachtet sie von allen Seiten. »Der Bernstein könnte schon was wert sein, aber es kommt immer darauf an, von welcher Qualität er ist, wie er verarbeitet wurde. Und mit Perlen kenne ich mich überhaupt nicht aus. Aber vielleicht ist das hier ja ein Glücksfund«, meint er nachdenklich. »Ich kenne da eine Schmuckexpertin. Wenn ihr wollt, lasse ich die Kette mal von ihr schätzen. Wir könnten das morgen gemeinsam machen, Rike. Was meinst du?«

»Von mir aus gerne. Inge, wäre das in Ordnung, wenn ich Nils begleite?«

Inge nickt. »Ja, das wäre schön. Danke.«

»Gern geschehen.« Nils steht auf. Will er etwa schon gehen? Jetzt, wo es gerade so gemütlich ist? »Ich werde mich dann mal auf den Weg nach Hause machen, ich brauche eine Dusche.«

Irgendwas in meinem Bauch sagt mir, dass ich nicht möchte, dass er jetzt geht. Ich würde gerne noch etwas mit ihm unternehmen oder mit ihm reden. Einfach Zeit mit ihm verbringen.

Aber das ist doch der totale Unfug. Warum, weiß ich ja. Hallo, er ist in festen Händen!

»Ich bringe dich noch eben hinaus«, sage ich und stehe ebenfalls auf.

Als wir die frisch geputzte Eingangshalle durchquert haben und vor der Haustür stehen bleiben, sieht er mich an. »Also dann bis morgen, ja?«

Kurz ist sein Blick ganz intensiv auf mich gerichtet, kurz wünsche ich mir, dass er mich fragt, ob ich noch etwas mit ihm unternehmen möchte. Und ein winziger Teil in mir wünscht sich, dass er seine Lippen wieder auf meine legt. Aber ich weiß, wie unvernünftig das ist. Eigentlich ist er ja nur hier, weil ich ihn mehr oder weniger dazu gezwungen habe.

Doch diese Augen, dieser Mund. Wie sehr er es schafft, mich aus der Fassung zu bringen, wie ich in seiner Nähe die Kontrolle geradezu verlieren will.

»Alles klar«, sage ich nur.

Er will gerade zur Tür hinaustreten, doch dann bleibt er noch einmal stehen und räuspert sich. »Rike?«

»Ja?«

»Hast du Lust, dass wir uns heute Abend am Strand sehen? Ich würde mich freuen.«

Hat er mich das gerade wirklich gefragt?

Er merkt wohl, dass ich überlege, und spricht weiter: »Da ist diese Beachparty, die überall auf den Plakaten angekündigt wird, und ich … na ja, ich würde mich dort gerne mit dir treffen.«

»Aber du … was sagt denn deine Freundin, deine Frau dazu?«

Ein klitzekleines Lächeln umspielt seinen Mund. »Nun, ich würde dir dort gerne alles erklären. Also was meinst du? Würdest du mir diesen Gefallen tun und zum Strand kommen?«

»Okay.« Dieses kleine Wort kommt mir so einfach über die Lippen, dass ich selbst darüber staune.

»Also dann bis später. Wir sehen uns, ja?«

»Ja, ich werde da sein«, sage ich, und als ich die Tür hinter ihm schließe, durchfließt mich ein Kribbeln vom Kopf bis in die Zehenspitzen.

»Das ist ja alles superspannend. Und die Geschichte mit dem Schmuck ist richtig geheimnisvoll«, stellt Jana fest, als ich ihr alles bis ins letzte Detail erzählt habe. »Ich bin gespannt, ob die Kette etwas wert ist.«

Mit dem Telefon am Ohr drehe ich mich fertig zurechtgemacht vor dem Spiegel. Ich bin aufgeregt, ungewöhnlich aufgeregt. Klar, es ist kein richtiges Date, aber trotzdem gehen Nils und ich irgendwie zusammen aus. Wir werden uns jedenfalls gleich wiedersehen.

»Und jetzt triffst du dich also mit ihm?«, will sie dann auch prompt wissen, und ich höre ihrer Stimme an, dass sie lächelt.

»Ich weiß auch nicht so recht, da ist immer noch die Sache mit dem Foto in seiner Geldbörse. Aber er meinte, er will es mir nachher erklären.«

»Das klingt sehr geheimnisvoll.«

»Weißt du, er ist schon wirklich nett. Dass er mir hilft, dass er sich so für die Pension einsetzt.«

»Na ja, immerhin hast du ihn ja auch ein wenig dazu gezwungen«, erinnert sie mich.

»Ja, stimmt auch wieder.« Ich seufze. »Aber du glaubst nicht, wie oft ich das schon bereut habe.«

»Wie auch immer, du solltest den Abend genießen. Und er scheint ja wirklich trotz allem ein netter Typ zu sein, er müsste euch ja nicht helfen. Und er macht dich nervös, das gefällt mir. Lass es doch einfach mal auf dich zukommen, du musst nicht immer alles planen.«

Sie hat recht, und ich atme tief durch. »Okay, ich gehe dann mal los, ja?«

»Alles klar, hab viel Spaß!«, ruft Jana noch, dann legen wir auf, und ich mache mich mit klopfendem Herzen auf den Weg.

Ich fühle mich wohl in meinem luftigen weißen Strandkleid mit den rosa und blauen Blumen. Es ist leicht und umspielt sanft meine Beine, die Sandalen passen perfekt dazu, ebenso die leichte Strickjacke, die ich wegen des frischen Windes mitgenommen habe. Alles scheint gut zu laufen.

Und doch bin ich ungewöhnlich nervös. Dabei ist es nur ein lockeres Treffen. Aber wenn Nils nicht gewollt hätte, dass ich kom-me, dann hätte er es auch nicht vorgeschla-gen, oder?

Als ich mich dem Treiben nähere, geht gera-de die Sonne unter. Von Weitem dringt schon Musik an mein Ohr, und es riecht nach Som-mer. Es sind bereits ganz schön viele Leute da, dem Stimmengewirr nach zu urteilen ein bunt gemischter Haufen aus Einheimischen und Touristen.

Bald schon entdecke ich Nils an der Bar. Er ist mit mehreren Freunden da. Einen von ihnen kenne ich, es ist Jens, der Inges Garten in Ordnung bringt.

Gerade als ich auf Nils zugehen will, kommt mir eine andere Frau zuvor. Mit tänzelnden Schritten nähert sie sich ihm, lehnt sich leicht an ihn und streicht ihm mit der Hand über die Brust. Ein Stich fährt durch meinen Bauch, denn es ist wieder die Frau von dem Foto aus seiner Geldbörse.

Warum hat er mich gefragt, ob ich komme, wenn er mit ihr hier ist? Will er mir zeigen, wie glücklich er ist? Lachend zieht sie ihn auf die Tanzfläche, die beiden albern herum, und er scheint es zu genießen.

Ich fühle mich so fehl am Platz. Was für eine blöde Idee, hierherzukommen! Was wollte er mir denn da bitte erklären?

Nun, um das herauszufinden, sollte ich jetzt wohl zu ihm hingehen. Ja, im Prinzip wäre das schon das Richtige. Aber irgendwie verlässt mich gerade der Mut, wenn ich ihn so mit ihr zusammen sehe.

Traurig werfe ich den beiden noch einen letzten Blick zu, dann wende ich mich ab und schleiche eilig davon.

Schätzelchen

Am nächsten Morgen mache ich mich fertig und beschließe, mich wieder um das Wesentliche zu kümmern. Das mit Nils ist erledigt, die kurzen Hoffnungen,' die ich hatte, sind zerplatzt wie eine Seifenblase, wie Schaumkronen auf den Wellen der See.

Doch für Gefühle habe ich ohnehin nicht besonders viel Zeit. Denn heute möchte ich weiter die Zeitungen in der Umgebung abklappern. Noch am Abend, nachdem ich von der Party davongeschlichen war, habe ich einen Presseartikel verfasst, der neugierig machen soll, und auch schon die ersten Mails versendet. Irgendwie musste ich mich ablenken, Schlaf hätte ich sowieso keinen gefunden.

Und dann ist da ja auch noch die Idee mit dem Sommerfest. Den Flyer und die Plakate dafür möchte ich nachher gleich in einem Copyshop drucken lassen, nachdem Inge nun alles abgesegnet hat. Ich hoffe, dass wir es mit all diesen Aktivitäten schaffen, Gäste in die Pension zu locken.

Eigentlich wollte Nils ja heute mit mir wegen der Kette losziehen, aber im Moment bin ich noch nicht in der Lage, ihn zu sehen.

Als ich die Treppe nach unten komme, empfängt Inge mich mit einem strahlenden Gesicht und freudigen Nachrichten. Der Bäcker und der Metzger am Ort haben sich bereit erklärt, das Essen für das Sommerfest zu sponsern. Sie waren ganz begeistert von meiner Idee. Der Plan nimmt also mehr und mehr Form an. Auch eine der Zeitungen, die ich noch in der Nacht angeschrieben hatte, hat sich bereits gemeldet. Ein Fotograf will vorbeikommen, um Bilder zu schießen. Ich bin froh über diesen kleinen Erfolg und versuche, mich wenigstens ein bisschen darüber zu freuen.

»Ich war auch auf dem Dachboden, Liebes«, erzählt Inge mir, »aber leider stand in den alten Gästebüchern nichts drin, das uns irgendwie weiterbringen könnte.« Doch ich hatte ehrlich gesagt auch nicht erwartet, dass es so einfach werden würde.

Nachdem wir zusammen Kaffee getrunken haben, mache ich mich auf zum Copyshop, um danach die Läden in der Umgebung abzuklappern und die Flyer zu unserem Sommerfest auszulegen. Ich werde wirklich herzlich aufgenommen, habe ein paar nette Gespräche, und als ich fertig bin, beschließe ich, mich eine Weile ans Meer zu setzen, die Gedanken zu sortieren.

Nachdem ich mich im warmen Sand niedergelassen habe, denke ich über die Briefe aus der Schatulle nach, über Nils und die Kette. Ich denke aber auch an meine Liste und die Wattwanderung, die darauf steht und die ich fast vergessen habe, so sehr hatte ich mich wieder in die Arbeit gestürzt. Über eine Woche bin ich nun schon hier und war noch nie im Watt.

Das sieht aber auch wirklich matschig aus.

Schließlich stehe ich dennoch auf, kremple die Hosenbeine hoch und gehe auf das Watt zu, das wie ein Teppich vor mir liegt. Es sieht lustig aus, wie die Menschen darin herumwaten. Aus der Ferne wirken sie beinahe wie kleine Punkte, die den Himmel berühren. Also gut, dann werde ich eben auch ein bisschen darin herumspazieren. Nicht weit, nur so weit, dass ich meine Sachen draußen am Strand noch im Blick habe.

Ich muss sagen, es ist ein faszinierendes Gefühl, auf dem schlammigen, aber weichen Boden herumzutapsen. Der Wind weht warm, und je weiter ich gehe, umso mehr kann ich die

Ruhe genießen. Um mich herum ist nichts zu hören als das Rufen der Vögel am Himmel und das leise Knistern des Wassers, das noch in den feinen Prielen fließt, die das Watt durchziehen. Kleine Garnelen und Einsiedlerkrebse schwimmen darin – auch tote. Arme Dinger. Auf den trockenen Flächen daneben hat das Meer Muscheln und Steine in den hübschesten Formen hinterlassen. Man spürt, wie belebt das Watt auch bei Ebbe ist.

Fasziniert sehe ich mich um und bin mit einem Mal froh, hier zu sein, ganz weit weg von allem. Dieser Gedanke befreit mich unheimlich.

Erst nach einer ganzen Weile merke ich, wie weit der Strand mittlerweile entfernt ist, und ich mache mich rasch auf den Weg zurück. So weit wollte ich doch gar nicht rausgehen. Das kommt davon, wenn man mit dem Kopf ganz woanders ist.

Als ich mich wieder dem Strand nähere, bleibt mir kurz die Luft weg. Denn da ist irgend so ein Typ, der sich an meinem Rucksack zu schaffen macht. Das ist doch jetzt ein schlechter Film, oder?

Voller Panik spurte ich los, rufe so laut, dass der Mann auf mich aufmerksam wird. Er wirft den Rucksack auf den Boden und rennt davon.

»Haltet ihn, hat meine Sachen geklaut!«, schreie ich, aber wahrscheinlich verschluckt die Windbö, die ausgerechnet in diesem Moment aufkommt, meine Rufe, denn die Leute um mich herum mustern mich fragend.

Endlich scheint ein Mann, der sich gerade die Füße abtrocknet, zu verstehen, was ich meine. Er hastet dem Dieb nach, doch der ist zu schnell und hat bereits Reißaus genommen.

Ich renne so hastig, mein Puls rast, und dann spüre ich plötzlich einen fiesen Schmerz, gerate ins Taumeln und falle vornüber ins Watt.

Irgendwie schaffe ich es doch, zurück zu meinem Rucksack zu humpeln. An meinem Zeh habe ich einen kleinen Schnitt, der ganz schön pocht, und ich bin voller Schlamm.

Der Mann, der dem Dieb nachgerannt war, kommt mir entgegen, und ich kann mich bei ihm aufstützen. »Tut mir leid«, keucht er, »aber er ist mir entwischt.«

Ich winke ab. »Ist doch meine Schuld, ich hätte nicht so weit rausgehen dürfen. Aber trotzdem vielen Dank für Ihre Hilfe.«

Er nickt. »Ist doch gern geschehen.«

Gern geschehen. Sofort wird mir bei diesen Worten schwindlig. Muss mich denn alles hier an Nils erinnern?

Ich lasse mich neben meinen Rucksack in den Sand fallen, und der Mann deutet auf meinen Fuß. »Das war wahrscheinlich ein Krebs, damit würde ich vorsichtshalber lieber zum Arzt. Wenn Sie mich nicht mehr brauchen – ich sollte den Zug zurück erreichen. Meine Familie wartet schon da drüben.«

»Kein Problem«, sage ich, »gehen Sie nur. Sie haben mir schon genug geholfen. Vielen Dank noch mal.«

Kaum ist er weg, fange ich an, meine Sachen zu kontrollieren. Zum Glück hatte es der Dieb wohl nur auf mein Geld abgesehen, denn meine Karten sind alle noch da. Und glücklicherweise auch mein Handy mit all den Daten und Kontakten. Trotzdem kann ich nicht glauben, dass so etwas ausgerechnet mir passiert ist. Ich bin doch immer so darauf bedacht, alles im Griff zu haben. Und dann das.

Der Schnitt tut weh. Scheiß Watt, scheiß Strand. Und beschissener Krebs!

»Warum lässt du auch deinen Rucksack unbeaufsichtigt am Strand liegen?«, rügt mich Jana dann auch prompt. Ich habe sie kurze Zeit später angerufen, nachdem ich mich auf den Rückweg in die Pension gemacht hatte. »Schon als Kind wurde uns eingetrichtert, immer darauf zu achten, dass man seine Sachen nicht alleine lässt.«

»Ich weiß, aber das hilft jetzt auch nichts mehr«, jammere ich und bin völlig verzweifelt. Denn die Pension ist schon noch ein ganz schönes Stück entfernt. Wie soll ich denn mit meinem Fuß dort hinkommen?

»Kannst du denn nicht in der Pension anrufen? Vielleicht kann Inge dich ja abholen«, fragt sie, und ich halte inne. Das ist gar keine so dumme Idee.

»Du hast recht, das mache ich.«

Rasch legen wir auf, ich suche die Kontaktdaten der Pension heraus und drücke auf *Anrufen.*

Es tutet und tutet und tutet.

Schließlich meldet sich eine Männerstimme, die ich sofort erkenne. »Pension *Sommertraum.*«

Ich atme tief durch. »Ähm, hallo Nils. Hier ist Rike.«

Warum geht er in der Pension ans Telefon?

»Hey, alles okay? Ich warte schon die ganze Zeit auf dich.«

Als ich seine Stimme höre, schaffe ich es nicht mehr, die Tränen zurückzuhalten. »Nein, ich ... ich wurde ausgeraubt. Und ... und ein Krebs hat mich in den Zeh gebissen. Oder etwas anderes, jedenfalls irgendein Vieh. Der Fuß schmerzt jetzt ziemlich heftig.« Ich hole tief Luft und muss mich dann regelrecht zwingen, ihn zu fragen: »Könntest du mich vielleicht abholen?«

Kurz herrscht Stille, dann höre ich ein leises Seufzen. »Wo bist du denn?«

Ich sehe mich um und entdecke eine Strandbar. »Da ist eine Bar, auf dem Schild steht *Strandschirmchen*. Kennst du die? Da könnte ich mich hinsetzen und warten.«

»Okay, ich bin gleich bei dir.«

»Irgendwie werde ich aus dir nicht schlau«, sagt Nils, als wir schließlich vor der Pension aus seinem Pick-up steigen. Er mustert mich von der Seite. »Gestern verabreden wir uns, du kommst nicht, und heute Morgen bist du einfach verschwunden.«

»Na ja, ich hatte zu tun. Du weißt ja, die Mitteilungen an die Presse, das Sommerfest und so. Und gestern Abend hast du mich sicher nicht vermisst.« Die letzten Worte kommen mir ungewollt ein wenig garstig über die Lippen.

Er zieht eine Augenbraue nach oben. »Was meinst du damit?«

»Na ja, ich will es auf den Punkt bringen. Ich war kurz da, aber da waren so viele Leute um dich herum – und auch diese Frau. Deine Freundin oder Ehefrau, was auch immer sie ist. Was wolltest du mir eigentlich damit beweisen?«

Er sieht mich überrascht an. »Du warst da? Aber warum bist du denn nicht zu uns hergekommen?«

»Was für eine doofe Frage!«

Er lacht, geht jedoch nicht darauf ein. »Ich würde sagen, du duschst dich eben ab, dann sehen wir uns deinen Fuß an, und wenn du gehen kannst, dann machen wir uns auf den Weg in Sachen Schmuck. Einverstanden?«

Mehr hat er dazu nicht zu sagen? Erst will ich Nein sagen, aber ich tue es dann doch nicht. Natürlich nicht, ich will ja schließlich auch wissen, was mit der Kette ist.

»Also schön«, antworte ich nur und frage mich, was in aller Welt er an sich hat, dass ich in seiner Gegenwart so anders bin.

Im gleichen Moment klingelt sein Handy. »Da muss ich rangehen«, sagt er und tritt einen

Schritt zur Seite. »Schätzelchen, hey«, höre ich ihn sagen, und mein Herz zieht sich zusammen. »Ja, so machen wir es. Ich freue mich auch schon, bis später.«

Ich blicke zu Boden und versuche, mich zu fangen. »Ich bin gleich wieder da«, murmele ich.

Er grinst. »Okay, ich warte auf dich.«

Mit Nils' Pick-up fahren wir in die Stadt, und er parkt schließlich vor einem Juwelier mit dem wirklich treffenden Namen *Wassergold.* Mein Herz klopft, denn die Schatulle in meiner Tasche wiegt schwer. Geheimnisvoll schwer. Ob wir jetzt etwas über ihren Inhalt erfahren werden?

Als wir das Geschäft betreten, bimmelt eine kleine Glocke über unseren Köpfen. Alles wirkt sehr edel, helle Teppiche liegen auf dem Boden, und in der großen gläsernen Auslage glänzt allerhand funkelnder Schmuck.

»Hallo? Jemand da?«, ruft Nils.

Eine helle Stimme dringt aus einem der hinteren Räume. »Einen Moment noch bitte!«

Es dauert keine zwei Minuten, bis die Frau dann schließlich kommt. Sie hat halblanges blondes Haar, ihre Lippen sind schmal, ihre

Augen blau, und die Sommersprossen verleihen ihrem Gesicht etwas Niedliches.

Mein Herz pocht auf einmal viel zu schnell in meiner Brust, denn ich weiß sofort, wer sie ist. Es ist die Frau, die ich schon auf dem Foto in seiner Geldbörse gesehen habe, dann noch mal in seiner Werkstatt und schließlich auch noch gestern Abend am Strand. Sie tritt auf Nils zu und drückt ihm sanft ein Begrüßungsküsschen auf die Wange.

Er deutet auf mich. »Schätzelchen, darf ich dir Rike vorstellen? Sie hat die ganze Pensionsrettungsaktion angeleiert. Und eigentlich wollte sie gestern auch zu unserer Feier kommen, aber sie hatte dann doch keine Zeit.«

Die Frau sieht mich freundlich an, und ihre Augen leuchten. »Du bist die Erpresserin, oder?«

Oh Gott, hat sie das gerade wirklich gesagt?

»Ähm …«

Sie lacht. »Ich fand das so lustig. Du hast wirklich geglaubt, dass Nils mein Freund ist? Wir wollten die Sache gestern Abend aufklären, aber du bist leider nicht gekommen. Was so schade war, denn wir hatten viel Spaß. Ich bin übrigens Ariane, Nils' Schwägerin.« Sie gibt mir ebenfalls ein Küsschen links und rechts.

»Schwägerin?«, frage ich völlig verwirrt. Doch wenn sie nur seine Schwägerin ist, was soll dann das mit dem Foto? »Aber er hat in seiner Geldbörse ein Bild von euch beiden, zusammen mit einem Mädchen. Und er nennt dich Schätzelchen ...«

»Das auf dem Foto war mein Mann«, erklärt sie.

»War?« Jetzt verstehe ich wirklich gar nichts mehr.

»Ja, Nils' Zwillingsbruder Finn. Er ist leider nicht mehr am Leben. Und wegen des Namens: Nils nennt mich schon *Schätzelchen*, seit ich ihn kenne. Er zieht mich ständig damit auf, dass ich so liebend gerne Schmuck schätze. Und das Mädchen auf dem Foto ist Finja, meine Tochter«, klärt sie alles auf, und ich komme mir so unglaublich doof vor. »Ich denke, ihr beide habt dann einiges zu bereden. Aber zuerst das Geschäftliche. Nils meinte, ihr habt etwas, das mich eventuell interessieren könnte.«

Okay, am liebsten würde ich jetzt einfach nur im Erdboden versinken. Aber ich versuche, es mir nicht anmerken zu lassen.

Stattdessen hole ich mit brennenden Wangen die Schatulle aus meiner Tasche. »Ja also, es geht um dieses Schmuckstück. Nils hat es in der Pension gefunden, und wir wüssten gerne, ob es wertvoll ist.«

Ariane nickt. »Nun, dann kommt mal mit. Schauen wir uns das gute Stück doch etwas genauer an.«

Wir begleiten Ariane in einen Nebenraum, dessen Wände voll mit Regalen sind. Auf dem Tisch in der Mitte liegen verschiedene Geräte, unter anderem größere und kleinere Lupen. Irgendwie sieht es ein wenig aus wie ein Labor aus alten Zeiten, jedoch sehr professionell.

Ariane zieht sich einen weißen Handschuh an, greift nach der Schatulle und wickelt die Kette vorsichtig aus dem Tuch.

»Sehr hübsch«, flüstert sie, während sie das Schmuckstück ganz andächtig betrachtet. Mit ihrem linken Auge kneift sie eine kleine Linse fest und untersucht die Kette ganz gründlich. »Damit kann ich jedes winzige Detail erkennen«, erklärt sie. »Das ist wichtig, denn ich muss prüfen, welche Qualität die Steine haben, wie sie geschliffen sind und wie der Künstler alles verarbeitet hat. Und ob es eine Signatur oder einen Stempel gibt.«

Ich spüre die Aufregung in meinem Bauch, blicke immer wieder zu Nils hinüber, der mir zulächelt. Dann lauschen wir wieder Ariane. Sie flüstert irgendwas vor sich hin. Zugegeben, das Ganze ist wirklich spannend. Es wäre doch zu schön, wenn die Kette ein bisschen was wert wäre. Nicht nur, dass man dadurch die alte Liebesgeschichte noch besser vermarkten könnte, eventuell würde Inge auch einen Finderlohn erhalten. Das wäre doch eine feine Sache.

»Der Bernstein ist sehr hochwertig und auf eine ganz besondere Weise verarbeitet«, murmelt Ariane nun. »Und diese Muschelperlen ...« Plötzlich atmet sie scharf ein, sie scheint etwas entdeckt zu haben. »Diese Prägung, der Stempel.« Sie hebt den Kopf und sieht uns an. »Wo habt ihr noch mal den Schmuck gefunden?«

»In der Pension *Sommertraum*, versteckt in einem Hohlraum hinter einem Bild«, antwortet Nils.

Nachdenklich betrachtet Ariane immer wieder die Kette. »Das gibt's nicht«, sagt sie irgendwann, und ich werde vor Aufregung fast verrückt.

»Was ist denn?«, frage ich hastig.

Sie legt die Linse ab und fährt sich mit der Hand über die Augen. »Ich will jetzt nicht zu viel verraten, weil ich es erst prüfen muss. Würdet ihr mir den Schmuck vielleicht überlassen? Spätestens übermorgen weiß ich dann mehr.«

Ich blicke erst zu Nils, und als von ihm keine Widerrede kommt, antworte ich einfach: »Natürlich, klar.«

Wir plaudern noch ein wenig, bis neue Kundschaft kommt. Dann verabschieden wir uns von Ariane.

Als wir wieder draußen auf der Straße stehen, frage ich Nils: »Meinst du, dass die Kette ein paar hundert Euro wert sein könnte?«

Er wiegt den Kopf hin und her. »Könnte sein, es wäre jedenfalls zu hoffen. Und ich bin wirklich gespannt, was dabei herauskommt.«

Ich spüre, jetzt muss ich irgendwas sagen, muss diese blöde Sache klären. Also räuspere ich mich und hole tief Luft. »Bitte entschuldige, dass ich so schlecht von dir gedacht habe. Ich hätte dir die Gelegenheit geben sollen, es zu erklären. Stattdessen habe ich wie so oft meine eigenen Schlüsse gezogen. Das war bescheuert. Auch dass ich dich irgendwie erpresst habe.«

Er lacht und pikt mich in die Seite. »*Irgendwie erpresst*? Sagen wir es so, ich habe das Spiel gerne mitgespielt, das war einfach zu komisch. Und das mit dem Foto in der Geldbörse wollte ich gestern Abend schon klären, aber du bist ja nicht gekommen.«

»Ja, und ich bereue es auch. Wirklich. Ich glaube, ich habe nie gelernt, mich einem Problem richtig zu stellen. Weil wir immer davongelaufen sind. Meine Mutter war eine Meisterin in diesen Dingen.«

»Schon okay. Jetzt ist es ja geklärt.« Er fährt sich mit der Hand über die Stirn.

»Und der Mann auf dem Foto war also dein Zwillingsbruder?«

»Ja, und das Mädchen ist ihre gemeinsame Tochter Finja, meine Nichte. Als mein Bruder diesen Autounfall hatte und starb, bin ich eine Art Ersatzpapa für die Kleine geworden. Es war eine schwere Zeit. Er fehlt uns allen sehr.«

Ich muss schlucken und suche seinen Blick. »Oh Nils, das tut mir sehr leid, wirklich.«

»Schon gut.« Er atmet tief durch. »Weißt du, es ist schon erstaunlich. In der Nacht, als wir uns am Strand begegnet sind, da war ich zuvor an unserem Lieblingsplatz, einem kleinen Steg. Als Kinder haben Finn und ich oft dort gesessen und von großen Abenteuern geträumt. Nachdem ich dir das Handy gebracht hatte, zog es mich irgendwie wieder dorthin. Und dann warst du auf einmal auch da.« Er lächelt. »Das nächste Mal kommst du zu uns her und läufst nicht einfach weg, okay? Weglaufen ist nie gut.«

Ich nicke nur.

»Und was machen wir jetzt?«, will er wissen.

»Wir könnten noch ein paar Plakate wegen des Sommerfests aufhängen.«

Er verzieht das Gesicht zu einem Grinsen. »Du bist wirklich unermüdlich. Aber ja, eine gute Idee. Geht das denn überhaupt mit deinem Zeh?«

»Vorhin in der Pension, bevor wir losgefahren sind, habe ich noch eine Schmerztablette genommen. Gut bandagiert ist er jetzt ja auch.«

»Prima. Und wenn wir fertig sind, essen wir zusammen eine Kleinigkeit. Wie wär's?«

»Wir zwei?«

»Siehst du hier sonst noch jemanden außer uns beiden?«

Ich schüttle den Kopf.

»Wunderbar. Ich hoffe, du magst Krabben.«

Er sieht mich an mit diesem Blick, der das Feuer in mir zum Ausbruch bringt. Und als er dann auch noch nach meiner Hand greift, ist es vollends um mich geschehen.

Mich treiben lassen

Eine gute Stunde später sitzen wir auf einer weißen Holzbank an der Promenade, in der Hand jeweils ein Krabbenbrötchen und eine Dosenlimo.

»Was machst du eigentlich, wenn du nicht ständig arbeitest oder auf dem Handy herumtippst?«, fragt Nils und beißt von seinem Brötchen ab.

Ich zucke mit den Schultern. »Na ja, ich arbeite ja nicht immer. Ich mache auch ab und zu nichts. Auch mein Handy schalte ich hin und wieder mal aus.«

»Ach ja?«

»Ja, ich ... ich lese auch gerne mal ein Buch oder räume auf oder ...«

Er lacht. »Das klingt wirklich nach Erholung.«

»Mir macht die Arbeit in der Eventagentur eben Spaß. Ich plane gerne alles, das war schon immer so.«

Zum ersten Mal überhaupt klingen diese Worte sogar für mich selbst irgendwie nach Verteidigung. Sonst war ich doch immer so stolz darauf, dass ich alles plane.

Er zieht eine Augenbraue nach oben. »Ja, das habe ich gemerkt. Wenn ich da nur an deine berühmte Liste denke ...«

»Die ist eigentlich gar nicht auf meinem Mist gewachsen, sondern auf dem meiner Freundin Jana. Sie meinte, dass ich mich nie entspanne und endlich mal etwas wirklich genießen soll. Also hat sie mir mehr oder weniger diese Punkte vorgeschlagen. Alles Erlebnisse, die angeblich zu einem Sommerurlaub gehören. Und nachdem ich im Zug bei dieser Vollbremsung Panik bekommen hatte, na ja, da dachte ich, was soll's, ich schreibe einfach mal eine Liste, was ich in diesem Urlaub gerne erleben möchte.«

»So wie zum Beispiel einen Strandkuss?«, fragt er lächelnd.

»Ja, so wie zum Beispiel einen Strandkuss.« Ich spüre, wie mir die Röte auf die Wangen steigt.

»Events planen. War es immer das, was du tun wolltest?«

»Nun, zumindest wollte ich immer etwas aktiv bewegen. Und ich wollte eine Arbeit, bei der man viel erlebt, die abwechslungsreich ist.« Ich nehme einen Schluck aus der Limodose. »Und du? Bist du gerne Handwerker?«

»Ja, ich liebe es, etwas zu erschaffen, etwas zu bauen.«

»Aber ist es dir manchmal nicht zu langweilig, immer hier zu sein? Immer am selben Ort?«

Sofort schüttelt er den Kopf. »Nein, warum sollte es denn langweilig sein? Es gibt immer wieder was Neues zu tun. Ich habe die Menschen, die ich mag, um mich herum. Und es passiert ja trotzdem jeden Tag etwas anderes. Man braucht im Leben doch einen Hafen, einen Platz, an den man immer wieder gerne zurückkehrt und wo man den Anker auswerfen kann.«

»Vielleicht hast du recht. Vielleicht ist es auch wirklich das, was mir fehlt. Ich war bisher nie lange am selben Ort, und ich habe auch noch nie irgendwo den Anker ausgeworfen. Aber weißt du, ich bin das auch gar nicht anders gewohnt. Als ich Kind war, hatte meine Mutter kaum Zeit für mich. Ich war so oft bei meiner Oma oder der Nachbarin, dass ich schon früh gelernt habe, für mich selbst zu sorgen. Und wir sind häufig umgezogen, in schöner Regelmäßigkeit mindestens alle zwei Jahre. Meine Mutter hat sich da bis heute nicht geändert. Und meine Oma, sie ist gestorben, als ich fünf war. Vielleicht bin ich deswegen so verkorkst«, sage ich nachdenklich.

»Ach was, du bist nicht verkorkst.«

»Das ist nett von dir. Aber irgendwie bin ich das schon. Ich meine, ich kann nie lange an einem Ort bleiben, ziehe immer meine ganz speziellen Schlüsse. Und ich bin ein Arbeitstier. Ruhelos, immer auf der Suche. Ein Schiff ohne Hafen, immer mit dem Bedürfnis, weiterzuziehen und etwas zu tun.«

»Selbst im Urlaub.«

»Ja, selbst im Urlaub. Ehrlich gesagt wollte ich eigentlich gar nicht hierher. Es war die Schnapsidee eines Kumpels, der mich erst zu diesem Urlaub überredet und dann in letzter Sekunde sitzen gelassen hat, als der Zug schon auf dem Bahnsteig stand. Und dann hast ausgerechnet du meine ganze Wut abbekommen, tut mir wirklich leid.«

»Ach was, schon vergessen.« Er winkt ab.

Erleichtert lächle ich ihm zu. »Weißt du, er sagte mir am Telefon, er müsse das einfach tun. Er hat eine Frau getroffen und sich unsterblich in sie verliebt. Da wollte er natürlich seine Zeit mit ihr verbringen.«

»Nun, er war immerhin ehrlich. Manchmal sind Entscheidungen auf den ersten Blick nicht nachvollziehbar. Aber wer weiß schon, was sich daraus ergibt, welchen tieferen Sinn sie haben. Ich bin jedenfalls froh, dass du hier bist.« Er sieht mich an, und mein Herz pocht heftig. »Und Inge auch, denn es ist ein Glücksfall für die Pension, dass du ihr mit deinem Wissen so unter die Arme greifst. Als sollte vielleicht alles genau so sein.«

»Das hast du schön gesagt.« Ich spüre einen kleinen Kloß im Hals. »Glück im Unglück sozusagen.«

Er nickt. »Ja, so kann man es auch ausdrücken.«

Wir plaudern noch eine Weile über alles Mögliche, und plötzlich fühlt sich alles so leicht an. Es ist schön, einfach hier mit ihm zu sitzen, ein Krabbenbrötchen zu essen und zu reden. Diese ruhige, besonnene Art, die er ausstrahlt, färbt irgendwie auf mich ab. Zum ersten Mal seit langer Zeit fühle ich mich auch tatsächlich ruhiger.

»Was ist denn auf deiner Liste noch offen?«, will er wissen.

»Na ja, einiges. Eis essen, einen Sonnenuntergang betrachten ...« Ich winke ab. »Aber das ist jetzt nicht so wichtig, ich habe im Moment genug anderes zu tun. Und wenn wir mal ehrlich sind, die Punkte Schifffahrt und Wattwanderung hätte ich mir auch sparen können.« Ich wackle mit dem Zeh, in den mich der Krebs gebissen hat. »Das alles hat mir nichts als Turbulenzen gebracht.«

»Du musst es so sehen, wir sind jung, wir sind am Leben, und ein paar Turbulenzen machen es doch erst aufregend. Sie machen das Leben doch erst richtig spannend.«

Ich wende den Kopf zu ihm und blicke ihm fragend in die Augen.

»Pass auf«, sagt er, »diese Liste, sie muss vielleicht wirklich nicht sein. Aber was sein muss, ist, dass du auch mal loslässt. Das ist doch der Sinn dahinter, dass du einfach mal den Tag genießt und das tust, worauf du Lust hast. Ganz und gar ungeplant. Die Zeit geht viel zu schnell vorüber, das habe ich bei meinem Bruder gesehen. Also was meinst du? Lust, dich einfach mal treiben zu lassen wie das Meer, ohne nachzudenken?«

Mich treiben lassen. Soll ich? Und hat er recht? Bin ich vielleicht wirklich immer zu genau, zu streng, zu kritisch? Ruhelos?

»Okay«, sage ich schließlich und atme tief durch. »Ich will es versuchen. Was schlägst du vor?«

»Das verrate ich nicht, aber ich denke, es wird dir gefallen.«

»Wie schmeckt dir dein Eis?«, frage ich, während ich Nils dabei beobachte, wie er das Gesicht verzieht.

»Es ist wirklich total lecker.«

Ich muss kichern. »Du schwindelst.«

»Nein, nein, wirklich eine gute Wahl. Pfefferminzeis. Das kaufe ich mir jetzt öfter mal. Wie schmeckt dir dein Zitroneneis?«

»Auch total lecker.«

Sofort brechen wir beide in Gelächter aus.

»Es ist scheußlich, ich hasse Pfefferminze«, gesteht er schließlich. »Ehrlich gesagt, ich habe als Kind sogar ein Pfefferminzeistrauma erlebt.«

»Im Ernst?«

»Oh ja. Wir waren mal in Italien im Urlaub. Da gab es ein Karussell, bei dem man während der Fahrt einen Fuchsschwanz fangen konnte. Und wem das gelang, der durfte eine weitere Runde umsonst fahren.«

»Und? Hast du es geschafft?«

»Was denkst du denn?« Er zwinkert mir zu. »Na ja, jedenfalls habe ich in diesem Urlaub jeden Tag Eis gegessen. Ich habe es wahnsinnig geliebt. Schon zum Frühstück wollte ich Eis haben.«

»Gut, das hört sich jetzt erst mal nicht so traumatisch an.«

»Nein, noch nicht. Aber meine Mama hat mir an diesem besagten Tag ein Pfefferminzeis gekauft. Zuerst war ich begeistert, weil diese grün-blaue Kugel, die sie mir ausgesucht hatte, wirklich lecker aussah. Ich habe es also aufgegessen, und mir wurde fürchterlich schlecht. So schlecht, dass ich nachher auf dem Karussell das hübsche Feuerwehrauto, in dem ich saß, vollgekotzt habe. Von da an durfte ich in diesem Urlaub kein Karussell mehr fahren. Dank diesem blöden Pfefferminzeis.«

Ich muss lachen. »Oh nein, wie gemein.«

»Allerdings, das war es tatsächlich. Und bei dir, das Zitroneneis? Auch ein Trauma erlebt? Vielleicht zu viel Tequila mit Zitrone getrunken?«

»Nein, nein, dazu gibt es keine große Geschichte. Ich finde Zitrone einfach nur ekelig. Viel lieber mag ich Erdbeereis. Und du.«

Nils grinst. »Auch Erdbeere. Und Vanille.«

Die letzten Stunden waren wirklich mehr als lustig. Wir waren baden, haben versucht, Krebse zu fangen, haben am Strand gelegen und über alles Mögliche geredet, in Zeitschriften geblättert, die Sonne genossen. Ich habe tatsächlich kein einziges Mal über meine Arbeit nachgedacht, geschweige denn über meinen Zeh, der plötzlich kaum mehr geschmerzt hat.

So viel Spaß wie heute mit Nils hatte ich schon sehr, sehr lange nicht mehr.

Was für ein unglaublich toller Tag, denke ich mir, als die Sonne langsam untergeht und wir ihr gemeinsam dabei zusehen, wie sie im Meer verschwindet.

»Danke für den Tag. Es war wirklich sehr schön heute«, sage ich, als wir uns vor der Pension voneinander verabschieden.

Nils sieht mir tief in die Augen. »Und das, obwohl nichts davon geplant war und du kein einziges Mal auf deinem Handy herumgetippt hast.«

Ich muss lächeln. »Ja, stimmt. Es hat mir auch nicht gefehlt, zum ersten Mal überhaupt.«

»Das ist doch wunderbar. Was hältst du davon, wenn wir jetzt noch außerplanmäßig ausgehen?«

Kurz überlege ich. »Morgen ist noch so viel wegen des Sommerfests zu tun. Aber wenn wir nicht so spät nach Hause kommen ...«

Er kommt einen Schritt auf mich zu. »Denk nicht zu viel nach. Du hast schon so viel vorbereitet. Geh einfach auf dein Zimmer, zieh dir ein hübsches Sommerkleid an, und dann lass uns losgehen. Glaub mir, wir werden morgen trotzdem alles gut hinbekommen.«

Er hat recht, also nicke ich. »Gut, einverstanden.«

»In einer Stunde wieder hier?«

»Ja. Ich werde da sein.«

Ein Sommernachtstraum

Eine gute Stunde später stehen wir also wieder an der Promenade. Ich habe mein kurzes hellblaues Sommerkleid angezogen, es ist leicht, umspielt locker meinen Körper und passt perfekt zu meiner gebräunten Haut.

Nils sieht das wohl auch so, denn als ich auf ihn zugehe, macht er große Augen. »Wow, du siehst umwerfend aus. Absolut sommerlich.« Die Worte kommen ihm so ehrlich über die Lippen, dass ich nun sicher ganz rot werde.

»Es ist doch nur ein Kleid.« Ich winke ab, aber mein Herz flattert so heftig, dass es sich bestimmt gleich überschlägt.

Wir haben in den letzten Tagen so viel erlebt, uns gezankt, geküsst. Und dann war da dieser heutige Tag. Dieser unglaublich schöne Urlaubstag.

»Und jetzt?«, will ich wissen.

Er lächelt. »Jetzt essen wir was.« Spontan greift er nach meiner Hand, und wir schlendern die Straße entlang, vorbei an kleinen Bistros, Cafés und Restaurants, die bereits gut besucht sind.

Ob wir hier was essen?

Doch im selben Moment biegt Nils in Richtung Strand ab. Schon von Weitem kann ich erkennen, dass dort Menschen in gemütlichen Loungemöbeln sitzen. Der Duft von Gegrilltem weht mir in die Nase, vermischt mit der lauen Sommerluft, Sonnencreme und Salz. Sofort fühle ich mich so leicht, so unbeschwert.

Wann habe ich mich jemals so gefühlt?

Mit einem Mal begreife ich: Ich habe mich nie so gefühlt, weil immer ich stark sein musste, immer alles bestimmt und geplant habe. Doch mit Nils habe ich einen Mann an meiner Seite, der mich überrascht, der mich mitzieht, der mich hält, bei dem ich mich fallen lassen kann. Zum allerersten Mal.

Wir trinken Cocktails mit Schirmchen, danach nimmt Nils wieder meine Hand, und wir bummeln an den vielen Lädchen und Ständen vorbei, die mit Strandkleidern, Büchern, Taschen und vielen anderen Dingen locken.

Vor einem Schmuckstand bleiben wir schließlich stehen. Nils lässt sich eine hübsche Kette mit einem Anhänger in Ankerform einpacken und bezahlt.

Er drückt mir das Päckchen in die Hand. »Hier, für dich.«

»Für mich?«, flüstere ich, und meine Knie beginnen zu zittern.

Sein Blick ruht auf mir. »Ja, weil ich mir wünsche, dass du irgendwann deinen Hafen findest und dort den Anker auswirfst. Jeder Mensch braucht einen Hafen. Auch du.«

Diese Worte aus seinem Mund berühren mich. Wir kennen uns noch gar nicht lange, und doch habe ich das Gefühl, dass er mich sieht. Dass mich zum ersten Mal jemand versteht. Oder verstehen will.

Ich schlucke und blinzle die Tränen weg, die mir in die Augen steigen wollen. »Danke, das ist sehr lieb von dir.«

»Gern geschehen.« Er lächelt, und ich kann nicht anders, als ihn rasch in die Seite zu piksen.

Dann spazieren wir weiter, sehen uns noch ein paar Stände an. Mittlerweile ist es dunkel geworden, und von irgendwoher durchdringen Gitarrenklänge den Zauber der Sommernacht.

Nils zieht sanft an meiner Hand. »Komm, ich zeige dir was, das dir bestimmt gefallen wird.«

Die warmen Töne, die durch die laue Sommerluft klingen, werden nun immer lauter. Wir gehen direkt auf eine Gruppe von Musikern zu, die in der Nähe eines Lagerfeuers am Strand sitzen, um sie herum eine Traube von Menschen, sommerlich gekleidet, plaudernd, der Musik lauschend.

»Die spielen hier ganz oft«, erklärt Nils und deutet auf einen jungen Mann mit dunklen, etwas verstrubbelten Haaren. »Das ist Charly, ein Freund von mir.«

Dieser Charly scheint absolut in der Musik versunken zu sein. Er singt von einer Liebe, die er nie vergessen konnte, vom Sommer und vom Küssen und wirkt dabei so authentisch, dass ich eine Gänsehaut bekomme.

Als der Song zu Ende ist, nickt Nils ihm zu, und Charly winkt kurz zurück. Dann gleiten seine Hände erneut über die Saiten. Ein neues Lied durchdringt die sommerliche Nacht und hüllt uns ein. Wir setzen uns, lauschen der Musik, das Lagerfeuer knistert. Ich habe von solchen Sommernächten gelesen, davon erzählt bekommen, aber nie damit gerechnet, dass ich jemals so etwas Einfaches, aber total Schönes selbst erleben werde. Jeder sollte einmal am Lagerfeuer sitzen, zusammen mit Menschen, die er liebt. Jeder sollte die Sommerluft genießen, den Tag zu schätzen wissen, einfach so, weil er da ist. Nicht mehr und nicht weniger.

Unsere Hände versinken ineinander, Nils' Finger umschließen meine, und es fühlt sich an, als gehörten sie nur dorthin, nirgendwo anders. Wärme schießt durch meinen Körper, eine Wärme, die nicht vom Lagerfeuer herrührt, sondern von seinen Berührungen.

Und doch überzieht ein kleiner Schauder meine Haut, was Nils wohl bemerkt. »Komm her«, sagt er und zieht mich auf seinen Schoß, nah an sich heran.

Ich fühle seine Arme, die mich umschließen, schützend und zärtlich zugleich, seine warme Brust, die sich gegen meinen Rücken drückt. Und ich rieche seinen Duft, eine Mischung aus Sonnencreme und Aftershave. Herb, aber nicht zu streng. Im Einklang mit dem Meer und der unglaublichen Zeit, die wir gerade zusammen erleben.

Ich versuche, mich auf die Musik zu konzentrieren, aber das fällt mir zugegebenermaßen nicht leicht. Denn mein Herz pocht, und ich kann an nichts anderes mehr denken, als dass er mir so nah ist. Dass ich seinen Atem spüre, den Hauch seiner Lippen, die beinahe mein Ohr berühren.

Da sind Wellen voller Gefühle, und irgendwie wünsche ich mir, dass er niemals aufhört, mich so zu halten. Ich lehne mich an ihn, um ihm noch näher zu sein, und er umschlingt mich noch etwas fester.

So sitzen wir da, eine lange, unendliche Ewigkeit. Zumindest ist sie in meinen Träumen unendlich.

Doch irgendwann stehen die Musiker auf, um eine Pause zu machen und sich etwas von der Bar zu holen. Viele der Zuhörer erheben sich ebenfalls, aber wir beide bleiben sitzen, das knisternde Feuer direkt vor uns.

»Das war so schön«, flüstere ich und spüre, dass er nickt.

»Ja, die haben es drauf, die beiden.« Das sanfte Vibrieren in seiner Stimme löst sofort wieder dieses wohlige Kribbeln in meinem Bauch aus. Noch immer liegen meine Hände in seinen, und ein Prickeln erfasst meinen Körper, als würde ich komplett unter Strom stehen.

Langsam wende ich den Kopf, um ihm in die Augen zu sehen, drehe mich ganz vorsichtig um, und unsere Blicke treffen sich.

»Hey«, flüstert er. Seine Lippen sind jetzt ganz nah.

»Hey«, flüstere ich zurück.

Ganz langsam lösen sich seine Finger von meinen und streichen mir eine Haarsträhne aus dem Gesicht.

»Danke für das alles hier.« Ich muss schlucken, weil ich so nervös bin, weil die Luft so gespannt ist.

Er schüttelt sacht den Kopf. »Nicht dafür.«

Mein Puls rast, und ich habe nur noch einen Gedanken: ihn endlich zu küssen. Die Sekunden verstreichen, kommen mir wie Stunden vor, bis er schließlich den Kopf noch näher zu mir neigt und seine Lippen auf meine legt. Ganz vorsichtig, fragend, zärtlich. Mein Herz schlägt jetzt so heftig, dass es alles übertönen muss. Da ist dieser Duft, der von ihm ausgeht, das Meeresrauschen, das Gefühl von Nähe, dieser Kuss. Ein Strandkuss.

Überwältigt von all diesen Empfindungen schließe ich die Augen. Kurz vergesse ich zu atmen, weil ich unbedingt seinen Kuss erwidern will. Doch ich fange mich wieder, als ich den sanften Druck seiner Zunge auf meinen Lippen spüre. Ohne darüber nachzudenken, öffne ich den Mund, und unsere Zungen finden sich in einem vorsichtigen, zärtlichen Spiel. Alles in mir bebt und wirbelt, wie das Auftosen des Meeres.

So viel Nähe wollte ich eigentlich niemals zulassen. Doch in diesem Moment will ich sie zulassen, will mich verlieren, will keine Pläne mehr haben – ich will nur noch ihn. Und diese

Ruhe, die von ihm ausgeht, die mich festhält, mir sagt, dass nicht immer alles nach Plan gehen muss, die mir zeigt, dass ich lebe und fühle. So als wäre ich ohne ihn verloren, als hätten wir uns schon ein ganzes Leben lang gesucht, vielleicht sogar noch länger. Als wären wir genau das, was wir sein sollten: eins und füreinander bestimmt.

Und doch bin ich nervös. Weil ich Angst habe, was all das mit mir anstellt. Denn ich weiß, was passieren kann, wenn man etwas so sehr will, aber dann wieder weggehen muss. Weil ich bis jetzt immer weggehen musste. Mein Magen fühlt sich auf einmal so schwer an. Schwer vor Glück, aber auch schwer vor Angst.

»Oh Gott«, hauche ich gegen seinen Mund.

»Nils reicht völlig.« Er grinst, löst sich ein wenig von mir und mustert mich. »Alles okay?«

»Ja schon, aber ...«

Er streicht mir zärtlich über die Wange. »Kein Aber, Rike.«

Ich kann nicht anders und lege meine Lippen einfach noch mal auf seine. Sofort fühle ich wieder seine raue und doch sanfte Art, er ist wie das Meer selbst. Und als ich seine Zunge wieder in meinem Mund spüre, unsere Zungenspitzen, die sich erst nur anstupsen, um dann einen immer intensiveren Tanz hinzulegen, schlinge ich die Arme um seinen Nacken und ziehe ihn noch enger an mich.

Als wir kurz innehalten, steht er auf und greift nach meiner Hand. »Komm mit«, flüstert er. »Was ich dir jetzt zeigen will, darfst du nicht verpassen.«

Schon lasse ich mich wieder von ihm mitziehen und ignoriere die Stimme der Vernunft in meinem Inneren, die mir sagt, dass ich mein Herz nicht verlieren darf, weil ich nicht hier bleiben kann. Weil es sonst nur schmerzt, so wie es bisher immer geschmerzt hat. Und doch lassen mich die Schmetterlinge nicht in Ruhe. Ich bin bereits verloren in dem Augenblick, in diesem Moment, im Zauber der Sommernacht.

Mein gesamter Körper knistert und prickelt, ist so voller Glück, dass ich mich am liebsten im Kreis drehen würde. Im Kreis drehen – stand das nicht auch auf Janas Liste?

Lachend wirble ich umher, und Nils beobachtet mich schmunzelnd.

»Bist du bereit?«

Ich nicke nur.

Schweigend gehen wir Hand in Hand einen schmalen Pfad entlang, der uns hinter einen Sandhügel führt, abseits von der Musik und all den Menschen.

»Was machen wir hier?«, frage ich, als Nils aus seinem Rucksack eine Decke zieht und sie auf dem Sand ausbreitet. Nachdem wir uns auf dem weichen Velours niedergelassen haben, holt er noch eine Flasche Sekt und zwei Pappbecher aus dem Rucksack, löst den Korken mit einem Knall und gießt uns ein.

»Auf dich, Rike, Krebsbändigerin, Pensionsretterin, Barfußläuferin. Und auf den Sommer.« Er lächelt und reicht mir einen Becher.

Als sich unsere Fingerspitzen dabei berühren, wirbeln die Schmetterlinge in meinem Bauch von Neuem auf. Und erst recht, als der erste Schluck des prickelnden Getränks meine Kehle hinabfließt.

Wie schön es hier mit ihm ist. Ob es noch schöner werden kann? Eigentlich ist es schon perfekt, doch ganz unerwartet beginnt ein Feuerwerk, den Himmel zu färben.

»Hast du das gewusst?«, frage ich mit bebender Stimme.

»Ja. Ich dachte, von hier haben wir eine wunderbare Aussicht auf das Schauspiel.«

Mein Herz pocht, als seine Hand sich erneut mit meiner verbindet. Ich suche seine Augen, denke nicht weiter nach, sondern lasse mich einfach in seine Arme sinken. »Es ist wirklich toll hier mit dir«, sage ich, und wieder sind wir uns so unglaublich nah. Über unseren Köpfen knallt und funkelt es. Alles ist bunt, in der Ferne hört man Menschen, die immerzu begeistert rufen und Beifall klatschen.

Als die letzten Raketen erloschen sind, wird es still, und der Himmel über unseren Köpfen ist wieder schwarz und mit Sternen gespickt. Ich liege in Nils' Armen, atme seinen Duft, spüre seine Hände auf mir. Das Flattern in meinem Magen wird immer heftiger, meine Gedanken wirbeln wild umher, und ganz plötzlich fällt mir dieser eine Punkt auf meiner Liste ein.

Kann es passieren? Darf es passieren?

Darf ich mich so verlieren? In ihn, mit ihm?

Wir beide, eine Liebesnacht am Strand ...

Nils löst sich von mir und legt sich auf den Rücken. Ich lege mich neben ihn und blicke in den Himmel.

»Woran denkst du gerade?«, raunt Nils in mein Ohr. Sein Duft vermischt mit dem Geruch des Meeres lässt meinen Puls höher schlagen.

»Dass ich froh bin, mit dir hier zu sein«, flüstere ich.

»Wer hätte das gedacht, oder?« Er dreht sich zu mir, und ich tue es ihm gleich. Unsere Nasenspitzen sind sich nun ganz nah, und ich bekomme eine Gänsehaut, als sie sich kurz berühren. »Im Zug hast du mich mit deinem Handy ganz verrückt gemacht. Ich fragte mich, wie eine so hübsche Frau nur so unglaublich hektisch sein kann.«

»Du fandest mich hübsch?«

»Ja, mehr als das. Ich fand dich interessant, sehr anziehend. Und als du das Handy dann verloren hattest und wir uns am Strand wiedergetroffen haben ...«

»Das war so peinlich.«

»Ich glaube, es sollte so sein.«

Ich lächle, und in meinem Bauch kribbelt es. Ihm so nah zu sein, seine Lippen, sein Atem, die Sterne über unseren Köpfen ...

»Und jetzt?«, frage ich atemlos.

Seine Hand wandert zu meiner Wange und streichelt sie sanft. Ja, was jetzt? Ich wünsche mir ehrlich gesagt nichts mehr, als ihn wieder zu küssen.

Als könnte er meine Gedanken lesen, flüstert er: »Wie wäre es mit noch einem Strandkuss?«

Sanft stupst er meine Nase mit seiner an, ich rücke noch ein Stückchen näher zu ihm, und wenige Sekunden später berühren sich unsere Lippen ganz zaghaft.

Und als unser Kuss sich vertieft, schmeckt alles an ihm nach Wärme, Sekt, Eiscreme und ganz viel Sommer, der sich in meinem Herzen breitmacht.

Vorsichtig legt Nils sich auf mich, und ich schlinge die Beine um seine Hüften. Wir küssen uns weiter voller Leidenschaft, die so heiß lodert wie das Lagerfeuer, vor dem wir vorhin saßen. So kraftvoll und bunt wie das Feuerwerk.

Eine ganze Weile verharren wir in dieser Zärtlichkeit, vergessen alles um uns herum. Seine Lippen gehen auf Wanderschaft, gleiten meinen Hals entlang, und seine Hände malen leichte, zarte Berührungen auf meine Haut, als würden mich hauchzarte Sonnenstrahlen wieder zum Leben erwecken, nach einem Winter, der zu lange war, der sich ewig angefühlt hat. So wie im Frühling die Knospen wieder treiben, die Blumen wieder zum Leben erwachen, so erweckt er mich mit jeder seiner Berührungen. Ein heftiges Ziehen macht sich in meinem ganzen Körper breit, so sehr will ich ihn, so schön ist es, ihm nah zu sein. Seine Hände, seine Berührungen sind jetzt überall, streicheln sanft über meine Haut, setzen mich in Brand, und alles in mir sehnt sich nach ihm.

Plötzlich kitzelt etwas an meinen Füßen, streicht sanft über meine Beine. Etwas Haariges, Feuchtes.

Erschrocken fahre ich hoch, Nils ebenfalls, und wir stoßen mit den Köpfen zusammen.

»Aua!«, ruft Nils und hält sich den Kopf, während er mich verdattert ansieht. »Was ist denn los? Hab ich was falsch gemacht?«

»Da war was Haariges an meinen Füßen.«

»Klar, meine Beine sind nicht rasiert«, antwortet Nils trocken.

»Das war nicht dein Bein, es sei denn, es kann meine Füße ablecken.«

Er grinst. »Eher nicht.«

»Aber was war es dann?«

Schon im nächsten Augenblick erhalte ich eine Antwort auf meine Frage, denn ein kleiner, zotteliger Hund schnüffelt erneut an meinen Zehen und leckt darüber.

»Du scheinst dem kleinen Kerl zu schmecken«, stellt Nils lachend fest, und ich ziehe rasch meinen Fuß weg, doch der Hund lässt sich davon nicht beeindrucken.

»Oh, das tut mir wirklich leid!« Ein Mann taucht vor uns auf. »Mein kleiner Jerry liebt es, an Beinen und Füßen zu lecken. Wenn meine Frau sich mit Erdbeerlotion eincremt, klebt er wie ein Schatten an ihr.«

Nils sieht mich schmunzelnd an. »Erdbeere also? Was für ein Zufall.«

»Eigentlich Erdbeer-Vanille«, gestehe ich.

Der Mann lacht. »Das scheint ihm auch zu schmecken.« Er nimmt den Hund an die Leine. »Entschuldigung noch mal. Jerry, komm, wir gehen jetzt nach Hause. Ihnen beiden noch einen schönen Abend.« Dann verschwindet er in der Dunkelheit.

Nils und ich sehen uns kurz an, bevor wir in lautes Gelächter ausbrechen.

»Ich glaube, wir sollten besser von hier weg.« Nils steht auf und zieht mich zu sich nach oben. Wieder sind wir uns ganz nah, und ich stelle mich auf die Zehenspitzen, um einen sanften Kuss auf seinen Lippen zu versenken.

»Ich habe da so eine Idee«, murmelt er, während er die Decke zusammenfaltet und in seinem Rucksack verstaut. Ich nehme die Flasche und die beiden Becher, und als wir fertig sind, greift er nach meiner Hand.

Eine Weile schlendern wir im Mondlicht wortlos den Strand entlang, bis Nils vor einem Boot, das an einem kleinen Steg vertäut ist, stehen bleibt. Er klettert die Leiter an der Außenseite hinauf und streckt mir seine Hand entgegen. »Möchtest du gerne an Bord kommen?«

Verwundert sehe ich ihn an. »Wir dürfen doch nicht einfach hier drauf, oder?«

»Das Boot gehört einen Kumpel, ich mache es jedes Frühjahr für ihn seetauglich. Er hat nichts dagegen. Also was ist?«

»Na gut, solange es nicht allzu sehr schwankt. Im Gegensatz zu dem Boot bin ich nämlich nicht besonders seetauglich.«

Nils lächelt. »Keine Sorge, wir bleiben an Land.«

Ich lege meine Hand in seine, steige die wenigen Sprossen zu ihm hinauf, und einen Augenblick später stehen wir uns schon gegenüber. Sofort küsst Nils mich aufs Neue, macht einfach da weiter, wo wir vorhin unterbrochen wurden, und ich schmelze dahin.

»Komm mit«, haucht er mir zu, und ich folge ihm ins Innere des Bootes in eine gemütliche kleine Kajüte.

Sanft schlagen die Wellen von außen an den Rumpf des Bootes, und es duftet nach warmem Holz, als Nils mich auf das Bett zieht und meine Hände wie von selbst Halt an seinen Schultern suchen.

Unsere Küsse werden nun immer intensiver, leidenschaftlicher. Alles an Nils bringt mich um den Verstand, alles an ihm schmeckt nach Sommer, Sehnsucht und Meer, nach Ebbe und Flut, und ich seufze auf, als ein erschütterndes, wellenartiges Beben meinen Körper erfasst. Mein Herz explodiert und zerspringt in winzige Stückchen.

»Oh Nils«, hauche ich gegen seinen Mund.

»Ich bin da«, raunt er.

Mehr brauche ich in diesem Augenblick auch nicht, ich brauche nur ihn und seine warmen Lippen. Ich bin glücklich, so unglaublich glücklich, und ich genieße es, ihm nah zu sein, die Hitze zu spüren, die er in mir entfacht und mein Herz aus dem Takt stolpern lässt. Mein ganzer Körper bebt vor Glück. Ich will ihn so sehr, will alles an ihm, seine Lippen, seine Muskeln, sein Herz. Unsere Kleidung löst sich, wir werden eins, sind nur noch Haut und Körper und Liebe.

Und als wir schließlich daliegen mit nichts an uns als Hitze, blickt er mir tief in die Augen. Eine stumme Frage, aber er kennt die Antwort bereits. Denn alles in mir brennt vor Verlangen nach ihm.

Ich lege die Beine um sein Becken, dränge mich an ihn und weiß genau, was ich will. Mich verlieren, voll und ganz, mit Haut und Haaren an ihn, an dieses Gefühl, das mich seit unserer ersten Begegnung nicht mehr losgelassen hat.

Ein paar Augenblicke später passiert es auch schon. Eine heiße Welle durchflutet mich, eine Welle, die langsam höher wird, die sich dem Strand nähert und auf dem Weg dorthin alles mit sich reißt und durcheinanderwirbelt.

Eine Chance vertan

Das Meer rauscht, ich atme die frische Luft tief in mich ein, und als ich leicht die Augen öffne, ist da nichts als Sand und Sonne.

Und da ist Nils. Er schläft und sieht dabei so friedlich aus. Ich muss ihn ansehen, will seinen Anblick tief in mein Herz einbrennen.

Kurz muss ich mich fangen, aber dann wird alles wieder real. Unsere Nacht, die Gitarrenmusik, das Feuerwerk. Und schließlich das, was wir auf dem Boot zusammen erlebt haben. Hand in Hand sind wir danach zum Strand zurückgelaufen, haben uns in die Decke eingekuschelt. Und dort sind wir dann auch eingeschlafen.

Nach einer Weile schlägt Nils die Augen auf. »Hey.« Er lächelt mir zu. »Es ist ja schon Morgen.«

Verlegen beiße ich mir auf die Lippe. Er streckt die Hand aus, und als er meine Wange berührt, zucke ich kurz zusammen.

»Alles okay?«

Ich nicke. »Ja, klar.« Doch nichts ist okay. Rasch fahre ich fort: »Tut mir leid, aber Inge macht sich bestimmt schon Sorgen. Und … und wir sollten lieber gehen, es ist noch so viel zu tun. Ich muss noch …«

Rasch will ich aufstehen, aber er hält mich zurück und dreht mich zu sich um. »So spät ist es doch noch gar nicht. Sei ganz entspannt, wir haben schon so viel vorbereitet. Bleib bei mir, Rike.«

Bleib bei mir. Wie er die Worte ausspricht, so ehrlich, so liebevoll. Seine Worte, seine Berührungen, sie tun mir so gut. Aber was bringt das Ganze, das mit uns?

Plötzlich fühlt sich alles so merkwürdig an.

»Nils, was wir da erlebt haben, diese Nacht …«

Ich suche nach Worten, doch er kommt mir zuvor. »Du machst dir Gedanken, weil dein Urlaub bald vorbei ist? Das ist es, oder?«

Er trifft es auf den Punkt.

»Ja, und weil wir beide … ich meine, das mit uns …« Ich schlucke. »Es hat doch keine Zukunft. Wir sind so viele Kilometer voneinander entfernt. Das mit uns kann nie mehr werden als diese eine Nacht.«

»Ich denke, wir sollten gemeinsam herausfinden, was daraus werden kann. Für mich jedenfalls ist es schon viel mehr.«

Wie kann er nur so tolle Worte sagen?

»Aber du weißt, was ich meine, oder?«

Seine Augen werden traurig. »Ja, ich weiß, was du meinst, aber ich sehe es nicht wie du, dass es nur diese eine Nacht war. Ich will mehr von dir, Rike, ich will mit dir zusammen sein. Und ich glaube, du fühlst dich auch wohl bei mir. Daher sehe ich keinen Grund, der dagegenspricht, es einfach mal zu versuchen. Ich spüre nur, dass ich dich gerne wiedersehen möchte, und das reicht mir, um es riskieren zu wollen. Du hast darüber gesprochen, dass du auch mal gerne den Anker auswerfen würdest. Ist es nicht endlich Zeit dafür?«

»Vielleicht, aber ich sehe so viele Gründe, die es uns schwer machen werden. Und mal ehrlich, eine Fernbeziehung, das ist doch nichts. Das klappt nie.«

Während ich das sage, dreht sich mein Magen um. Weil ich das eigentlich gar nicht sagen wollte. Doch dann kommen mir wieder diese blöden Zweifel, ob ich nicht doch recht habe.

Ich atme tief durch und senke den Kopf. »Tut mir leid, Nils. Ich sehe das einfach so.«

»Das ist schade«, antwortet er nur.

Ich suche meine Sachen zusammen, schlüpfe in mein Kleid und meine Schuhe. »Bist du böse, wenn ich schon mal gehe? Das Buffet muss vorbereitet werden, ich will noch ein paar Flyer verteilen und …«

»Schon okay.« Er winkt ab. »Tue, was du tun musst.«

»Wir sehen uns dann beim Fest in der Pension, ja?«

»Klar, wir sehen uns«, höre ich ihn noch sagen, aber da bin ich schon losgelaufen.

»Er hat dir gesagt, dass er dich mag, dass er gerne mit dir zusammen sein möchte, und du bist einfach gegangen?« Dem Klang von Janas Stimme nach zu urteilen, denkt sie jetzt bestimmt, ich bin nicht mehr ganz bei Trost.

»So war es nicht«, versuche ich, mich zu verteidigen. »Du weißt doch selbst, dass es keinen Sinn macht. Der Urlaub ist bald wieder vorbei, und was soll das dann bringen? Es ist ein Sommerflirt und …«

»Woher willst du das wissen, wenn du es nicht einmal versuchst? Oder bist du nicht gerne mit ihm zusammen?«, fährt Jana mir ins Wort, und ich spüre wieder diesen Kloß im Hals.

»Doch natürlich, ich ... mit ihm ist es unglaublich.«

»Dann läufst du davon, weil du Angst hast!«

Hat sie recht? Ich weiß es nicht.

Irgendwie ist die Stimmung zwischen uns ziemlich eisig, sodass wir relativ rasch auflegen.

Danach sitze ich noch eine ganze Weile auf dem Bett und denke über vieles nach. Mein Blick wandert durch den Raum und bleibt an dem Bild über der Kommode hängen. Die Frau, die so sehnsüchtig aufs Meer sieht. Sie hat etwas an sich, das mich fasziniert.

Plötzlich fällt mir an der unteren rechten Ecke des Bilderrahmens ein kleiner weißer Fleck ins Auge. Ich gehe ein paar Schritte darauf zu und will ihn mit dem Finger wegwischen, aber es funktioniert nicht. Das ist auch kein Fleck, sondern es fühlt sich an wie ein Stückchen Papier! Womöglich noch ein Brief?

Eilig nehme ich das Bild vom Haken und drehe es um. Da klemmt tatsächlich ein zusammengefaltetes Blatt Papier zwischen der Leinwand und der rückwärtigen Abdeckung des Rahmens. Aber warum ist es erst jetzt zum Vorschein gekommen? Bestimmt hat sich das Papier durch die Erschütterung, als das Bild vor ein paar Tagen zu Boden fiel, irgendwie gelockert.

Vorsichtig ziehe ich das Papier heraus, falte es auseinander und versuche, die markante, etwas verschnörkelte Schrift, die ich nun schon kenne, zu entziffern.

Meine geliebte B.,
wieder war unser Sommer hier in deiner Pension unglaublich schön, und der Abschied fällt mir wahrlich nicht leicht. Du hast gesagt, dass es an mir liegt, dass ich entscheiden kann, dass das zwischen uns nicht nur ein Sommertraum sein muss. Ich weiß, für dich ist es das nicht. Und für mich auch nicht. Aber du weißt auch, dass ich nicht einfach hier bleiben und den Anker auswerfen kann. Auch wenn ich es gerne tun würde. Zu viel hängt davon ab. Da ist vor allem meine Familie …
Ich hoffe, du wartest weiter auf mich und weißt, dass ich immer an dich denke, nicht nur im Sommer. Mit dieser Kette bin ich bei dir, wann immer du es möchtest.
Ich hoffe, dass du mich eines Tages verstehst.
In tiefer Liebe, dein K.

Deine Pension? Bedeutet das *B.* in den Briefen vielleicht Betty, die Gründerin der Pension? Das würde dann also heißen, dass Inges und Margaretes Mutter in diesen K. verliebt war und die beiden sich die Pension als geheimen Ort für ihre Sommerliebe geschaffen haben. Für ihren Sommertraum.

Plötzlich macht alles Sinn. Aber warum hat Betty dann die Kette hier in diesem Zimmer versteckt? Weil sie K. losgelassen hat? Hat sie auf diese Weise alles weggeschlossen?

Plötzlich wird mir ganz merkwürdig flau im Magen. Bin ich vielleicht genauso wie dieser geheimnisvolle K.? Gebe ich Nils auch keine Chance? Bin auch ich zu feige? Unsere Liebe, warum soll sie nicht über den Sommer hinaus bestehen? Warum soll sie nicht wachsen oder zumindest die Chance dazu bekommen? Ich bin immer viel unterwegs gewesen, warum sollte ich nicht wenigstens einmal versuchen, einen Hafen anzusteuern? Warum sollte nicht Nils mein Anker sein?

Die Gefühle spielen verrückt.

Da fällt mir wieder die Kette mit dem Anker ein, die Nils mir geschenkt hat. Ich suche sie in meiner Tasche und lege sie mir um den Hals. Sie fühlt sich so leicht an und doch so stabil.

Ja, Nils ist mein Anker. Zum ersten Mal in meinem Leben fühle ich, dass jemand mein Anker ist, dass jemand mich hält, mich halten will, sich um mich bemüht. Und ich will ihn fallen lassen, dieses Gefühl tief im Meer versenken? Warum denn? Weil eine Agentur auf mich wartet, in der ich mich ganz ehrlich gesagt nicht mehr wohlfühle?

Wann ist es eigentlich an der Zeit, etwas loszulassen und neu anzufangen? Irgendwo tief in meinem Inneren spüre ich, dass ich aufbrechen will, dass ich das bereits wusste, als ich in diesen Zug eingestiegen und hierhergefahren bin.

Doch ich komme nicht dazu, weiter darüber nachzugrübeln, denn mein Handy klingelt. Die Nummer kenne ich nicht, aber ich gehe ran.

»Hallo?«

»Hallo, hier ist Ariane. Rike, bist du es?«

»Ja, ich bin dran.«

»Wunderbar. Hör mal, es wäre wichtig, dass du hierher zu mir in den Laden kommst. Kannst du das eben einrichten?«

»Klar, ich komme gleich.«

Dann legen wir auf, und ich steige die Treppe nach unten zu Inge. Vielleicht leiht sie mir ja ihr Auto, dann wäre ich schneller wieder hier. Es ist ja doch noch einiges zu erledigen bis zum Fest.

Und so sitze ich wenig später in Inges klapprigem Kombi. Als ich auf den Parkplatz des Juwelierladens fahre, zucke ich zusammen. Da ist ja auch Nils' Pick-up!

Mein Herz klopft, als ich das Geschäft betrete. Die Glocke über der Tür bimmelt, und Ariane kommt eilig auf mich zu.

»Schön, dass du da bist.« Sie haucht mir ein Küsschen auf die Wange.

Nils steht vor der Theke und beobachtet uns. »Hey«, sage ich verlegen in seine Richtung.

Er nickt nur ganz leicht. »Hey.«

Wir starren uns an. Da ist eine Distanz zwischen uns, die mir wehtut, obwohl ich sie doch selbst geschaffen habe.

»Es war so wichtig, dass ihr kommt«, sprudelt es bereits aus Ariane heraus. »Es ist unglaublich, was ich herausgefunden habe. Aber wie fange ich am besten an?« Sie atmet tief durch. »Also, es gibt hier am Ort eine Geschichte, die sich seit Jahrzehnten hält, fast schon eine Art Mythos. Sie handelt von einer verlorenen Kette, die ein gewisser Konrad Abendrot für seine Geliebte angefertigt haben soll. Er nannte das Schmuckstück *Ruf der Sehnsucht.*«

Erstaunt sehe ich auf. Ich erinnere mich daran, dass der Kapitän auf dem Schiff davon erzählt hat. Diese Geliebte war also Betty?

Ariane fährt fort. »Nun, es gab bislang nur Briefe, die man im Besitz des Künstlers gefunden hat, aber nie einen wirklich handfesten Anhaltspunkt, wer diese geheimnisvolle Geliebte war. Er nannte sie immer nur *B.* in seinen Briefen. Es existierten zwar Beschreibungen der Kette sowie ein unscharfes Foto, aber das Schmuckstück selbst war verschollen. Man munkelte, dass die Kette im Besitz der Geliebten sei, aber man hat sie nie gefunden. Nun, es scheint so, dass das Rätsel endlich gelöst ist, denn das hier ist die verschollene Kette! Die Kette, die ihr in der Pension gefunden habt!«

Ich nicke. »Und ich weiß auch, wer diese B. war.«

Verblüfft sehen die beiden mich an. »Woher denn?«, fragt Ariane hastig.

Ich ziehe den Brief, den ich vorhin gefunden habe, aus meiner Tasche. »Durch diesen Brief hier, er klemmte im Rahmen des Bildes, hinter dem die Kette versteckt war. Dieser K. schreibt, dass es die Pension von dieser B. ist. Und es gab nur eine Besitzerin, deren Vorname mit einem B begann. Betty, Inges Mutter. Sie hat die Pension ins Leben gerufen.«

»Das ist ja unglaublich. Damit gehört die Kette also Inge.« Freudestrahlend blickt Ariane zwischen Nils und mir hin und her. »Aber es kommt noch besser, haltet euch fest. Experten zufolge ist die Kette etwa zweihunderttausend Euro wert.«

Zweihunderttausend Euro? Bei der Vorstellung wird mir so was von schwindlig. Eine Achterbahn macht sich auf den Weg, meinen Kopf zu erkunden. Ich kann nicht anders, ich muss mich an der Theke festhalten.

»Damit können wir die Pension retten, Inge kann sie sogar richtig renovieren und ...« Ich bin ganz außer Atem. »Das wird eine Überraschung für Inge, wie sie sie noch nicht erlebt hat.«

Ich lächle Nils zu. Er lächelt zurück, aber es ist nicht so ein herzliches Lächeln wie sonst, sondern ein eher kühles Lächeln, und mir schmerzt es so sehr im Herzen.

Wir reden noch eine Weile, dann machen Nils und ich uns auf den Weg nach draußen.

Als wir vor der Tür stehen bleiben, habe ich das Gefühl, irgendetwas sagen zu müssen, um das Schweigen zwischen uns beiden zu durchbrechen. »Das steckt also hinter der Geschichte«, sage ich schließlich. »Das ist der Wahnsinn, oder?«

»Ja, es ist unglaublich.« Ich merke, er hat keine Lust auf den Smalltalk mit mir.

»Kommst du zum Fest?«

Er nickt. Dann wendet er sich wortlos ab und geht zu seinem Pick-up.

»Nils, ich ... Es tut mir leid wegen heute Morgen, ich war total überfordert und ...«

Er hebt die Hand. »Schon gut, mach dir keinen Kopf. Ich muss jetzt los. Du kommst nach Hause?«

»Klar«, sage ich und deute auf Inges Kombi.

Dann steigt er ein, zündet den Motor, und ich sehe ihm noch nach, wie er davonfährt. Meine Chance habe ich wohl vertan. Aber vielleicht ist es wirklich besser so.

Bereit, den Anker auszuwerfen

Als ich zurück in der Pension bin, würde ich am liebsten Inge sofort die freudige Nachricht überbringen, aber es soll eine Überraschung werden. Das habe ich mit Ariane und Nils so besprochen. Also helfe ich ihr, das Buffet für das Fest aufzubauen. Doch diese Traurigkeit, die mich immer wieder überkommt, kann ich schwer unterdrücken. Ja, ich versuche, mich wie immer mit Arbeit abzulenken, aber irgendwie gelingt es mir diesmal nicht.

Als das Buffet schließlich aufgebaut und alles mit Blumen und bunten Girlanden dekoriert ist, wirkt die Pension wirklich wie der reinste Traum.

»Wo ist denn Nils?«, fragt Inge.

Ich zucke mit den Schultern. »Ich weiß nicht, er kommt sicher noch.«

»Er mag dich sehr gerne.« Ihr Blick ruht wissend auf mir, und schon schießen mir Tränen in die Augen.

»Ach herrje, was ist denn los, Liebes?«

»Nichts, ich … ich muss nur eben an die frische Luft«, murmele ich und verlasse eilig das Haus.

Wie ferngesteuert zieht es mich hinunter zum Strand, wo ich mich in den Sand fallen lasse und auf die Wellen starre.

Reiß dich zusammen, Rike, ermahne ich mich. Doch wenn ich an Nils denke, daran, dass ich das alles hier schon bald wieder verlassen muss, wird mir ganz schwer ums Herz. Ich vergrabe die Zehen noch tiefer im Sand und spiele gedankenverloren mit dem kleinen Anker an meinem Hals.

Einatmen, ausatmen. Es wird vergehen, wie immer.

»Sind Sie traurig, weil Ihr Urlaub zu Ende geht?«, höre ich plötzlich jemanden fragen und sehe auf. Vor mir steht die ältere Frau, mit der ich neulich schon am Strand gesprochen habe, die Muscheln und Glasscherben gesammelt hat.

Ich nicke stumm und schlucke ein paarmal.

Sie setzt sich neben mich. »Sie haben einen Mann kennengelernt? Einen guten Mann, oder? Er hat Ihr Herz berührt, ich sehe es Ihnen an. Das ist mehr als nur eine Sommerliebe.«

Ich seufze tief. »Das kann schon sein, aber was für eine Chance haben wir beide denn wirklich? Ich wohne weit weg, bin immer unterwegs. Das klappt doch nie.« Gedankenverloren spiele ich mit meinem Kettchen und dem Anker.

»Nun, gerade dann brauchen Sie doch einen Hafen, oder?«, sagt sie und blickt mir fest in die Augen.

Da ist plötzlich dieses merkwürdige Gefühl, als könnte sie mir ganz tief in die Seele sehen.

»Sie müssen selbst wissen, ob Sie den Anker auswerfen wollen, ob Sie bereit sind, sich zu Hause zu fühlen. Ich kann Ihnen einen Rat geben: Sagen Sie niemals nie. Wenn man jemanden gefunden hat, dem das Herz zugewandt ist, dann sollte man einfach versuchen, das Beste daraus zu machen. In unserer heutigen Zeit sucht man nach den falschen Werten, nichts passt perfekt. Doch Perfektheit hat nichts mit Liebe zu tun. Denn für die Liebe muss man sich öffnen und auch den Mut haben, sich den Turbulenzen im Leben zu stellen. Gerade das macht uns doch stark. Sie müssen ab und zu mal weg? Na und! Sie können doch immer wieder herkommen. Es gibt so viele Türen.«

Die Worte berühren mich so sehr, und ihre sanftmütigen Augen sind mit einem Mal voller Sehnsucht.

»Machen Sie nicht den Fehler, immer rastlos, immer auf der Suche zu sein. Manchmal ist man längst angekommen und merkt es nur nicht. Und man glaubt, dass man immer weitersuchen muss. Wenn man aber das Glück spürt, dann muss man nicht mehr suchen, dann hat es einen längst gefunden. Dann sollte man zugreifen, denn manche Chancen kommen nie wieder. Manchmal muss man die eigenen Grenzen einreißen und die Wünsche und Träume freilassen.«

Auf einmal muss ich an die Worte aus dem Brief denken, den ich zuletzt gefunden habe. Unweigerlich senke ich den Kopf, um den Anker an meiner Kette zu betrachten.

Als ich mich wieder der Frau zuwende, ist sie aufgestanden und schon ein Stück von mir entfernt. Und dennoch wirken ihre Worte so nachhaltig in mir, dass ich sie nun erst richtig begreife. Vielleicht sollte es ja wirklich so sein, dass ich ausgerechnet hierher gekommen bin. Dass mich all die kleinen Turbulenzen zu meinem Glück geführt haben. Und dass nur ich mir selbst im Wege stehe. Weil ich immer dachte, dass ich es nicht verdient habe.

Aber warum sollte das so sein? Warum sollte ich es nicht einfach versuchen?

So schnell mich meine Beine tragen, laufe ich zurück zur Pension, wo das Fest bereits in vollem Gange ist. Die Menschen tummeln sich, es wird geredet, gegessen, Musik gehört.

Ob Nils schon da ist? Wir hatten doch vor, Inge zu überraschen.

Aber er ist nicht hier, zumindest entdecke ich ihn nirgendwo. Ich streife durch die Menge, suche überall im Garten, doch ich finde ihn nicht. Vielleicht ist er ja schon im Haus. Aber auch dort habe ich kein Glück. Ob er nicht gekommen ist?

»Suchst du was?«, höre ich mit einem Mal seine Stimme.

Schnell drehe ich mich zu ihm um und muss all meine Sinne zusammenreißen, um überhaupt ein Wort herauszubekommen.

»Ja, *dich* suche ich«, sage ich, und der Kloß in meinem Hals wird immer dicker. Doch dann schaffe ich es irgendwie und schlucke ihn hinunter. »Ich ... ich will, dass du mein Hafen bist. Es tut mir so leid, dass ich mich so schrecklich verhalten habe. Nach dieser unglaublichen Nacht, nach allem, was wir zusammen erlebt haben.« Die Worte sprudeln jetzt nur so aus mir heraus. »Weißt du, ich hatte einfach Angst, ich bin es nicht gewohnt, dass mich jemand bei sich haben will, dass jemand möchte, dass ich bleibe. Ich bin immer geflüchtet, mein Leben lang. Und ja, es ist verrückt, wir kennen uns kaum. Keine Ahnung, ob das gut gehen kann. Aber ich will es herausfinden. Denn bei dir fühle ich mich so angekommen wie noch nie zuvor. Darf ich bei dir meinen Anker auswerfen?«

Er lacht auf, ein kehliges Lachen. Seine rauen Hände streichen über meine Wangen, und diese Berührung ist so zärtlich, dass mir sofort warm wird.

»Ja, du darfst«, sagt er, und eine ganze Tonne Steine fällt mir von der Seele. »Rike, du bist wie das reinste Chaos, ein Sturm und voller Leben. Aber genau das will ich haben. Du sollst mein Leben durcheinanderbringen. Dafür bekommst du von mir die Ruhe, die du brauchst. Was meinst du dazu?«

»Das klingt sehr gut«, flüstere ich.

Und dann kann ich nur noch eines: mich in seine Arme werfen, in diese starken, muskulösen Arme, die mich festhalten, in denen ich mich so unglaublich glücklich und geborgen fühle.

Eine ganze Weile verharren wir so, dann legt er die Hand in meinen Nacken und küsst mich lange und zärtlich und doch so voller Leidenschaft, als hätten wir schon eine Ewigkeit aufeinander gewartet.

Wir lösen uns erst voneinander, als Inge vor uns steht und uns freudig anstrahlt. »Das sieht nach einem Happy End aus«, stellt sie fest.

Nils und ich sehen uns an. Jetzt ist der richtige Zeitpunkt gekommen. Wenn nicht jetzt, wann dann?

»Noch nicht ganz«, sagt Nils und grinst.

Dann erzählen wir Inge alles. Und als wir ihr berichten, was die Kette wert ist, müssen wir sie stützen, damit sie nicht in Ohnmacht fällt.

»Das ist so unglaublich. Deswegen also der Name *Sommertraum*. Dieses Haus war der Ort ihrer Liebe. Ein Traum, den sie zusammen lebten.« Mit einem Beben in der Stimme fragt sie: »Und wir können wirklich die Pension retten?«

Ich nicke und habe selbst Mühe, die Fassung zu bewahren. »Du wirst sehen, wenn wir alle zusammenhalten, wird daraus wieder das Schmuckstück, das es einmal war.«

Und so feiern wir noch bis weit in den Abend, ohne daran zu denken, was am nächsten Tag passieren könnte. Weil man genau das manchmal braucht. Denn auch ohne Pläne kann etwas Tolles entstehen, aus Scherben werden Meergläser. Und das ist vielleicht am Ende doch viel besser als alles, was man sich je erträumt hat. Manchmal kommt das Glück einfach so in unser Leben. Es führt uns auf Wege, die wir nicht für möglich hielten. Mich hat es alleine in diesen Urlaub geführt, Thomas in die Arme einer Frau.

Manchmal sollen die Dinge einfach so sein. Warum? Weil das Leben uns überrascht, so wie die Liebe mich überrascht hat, wie ich hier ein Zuhause gefunden habe. Dabei wollte ich doch eigentlich gar nicht hierher. Aber an diesem Ort habe ich plötzlich Ruhe gefunden, diese Ruhe, nach der ich völlig unbewusst gesucht hatte. Zum ersten Mal fühle ich mich nicht mehr wie ein treibendes Schiff auf dem Meer, verloren im Sturm, sondern ich habe das Steuer übernommen, voller Hoffnung und Sehnsucht. Zwar weiß ich noch nicht, was mich hier in diesem Hafen erwartet. Doch eines spüre ich ganz deutlich: Ich gehöre hierher.

Ende – und doch erst der Anfang …

Meine lieben Leserinnen und Leser,

wenn euch dieses Buch gefallen hat, dann lasst es mich doch bitte wissen. Schreibt mir gerne eine Rezension bei Amazon, denn das ist ganz wichtig für uns Autoren. Besucht mich auf Facebook, folgt mir auf Amazon oder klickt auf meine Website und registriert euch für meinen Newsletter. Hinterlasst ein Däumchen oder einen Kommentar, wie und wo auch immer. Ich freue mich über jede Rückmeldung von euch.

Ganz lieben Dank,
eure Michelle

Im Anschluss findet ihr noch weitere Romane von mir, die ich euch auch gerne ans Herz legen möchte.

Kein Himmel ohne Sterne

Emma Morgen würde lieber zum Zahnarzt gehen als zurück an den Ort, dem sie einst den Rücken gekehrt hat. Aber ein Todesfall zwingt sie dazu, sich und ihr schlechtes Gewissen in den Zug gen Heimat zu setzen.

Und so steht sie bald vor dem Mann, den sie vor langer Zeit aus ihrem Leben radiert hat und der ihr Herz auch heute noch schneller klopfen lässt.
Jannik ist Single, noch genauso charmant und humorvoll wie früher – und zu allem Überfluss bewohnt er das Haus, das sie beide sich früher immer in ihren Träumen gewünscht hatten.

Aber gibt es im Leben eine zweite Chance?
Und ist Emma bereit, den Preis dafür zu zahlen?

Michelle Schrenk
Kein Himmel ohne Sterne
ISBN 978-1520830025

Über rosaroten Wolken

Was passiert, wenn du auf eine Nacktschnecke trittst und plötzlich alles in deinem Leben infrage stellst?

Ende gut, alles gut. Julia und Ben haben ihr Happy End gefunden – zumindest glauben sie es. Doch was bedeutet eigentlich dieses Happy End? Sollte ein gemeinsames Leben nicht mehr sein, als Wäsche zu waschen, Kinder zu hüten, einzukaufen und Socken zu stopfen?

Nach zwölf Jahren Ehe fragt sich Julia, wo die Zeit hin ist, als Ben und sie auf rosaroten Wolken schwebten. Kann man Familie haben und die Liebe trotzdem nicht verlieren? Dann tritt auch noch Tim in Julias Leben und wirbelt alles durcheinander …

Michelle Schrenk
Über rosaroten Wolken
2. überarbeitete Auflage
ISBN 978-3-942790-27-7

Der Weg zwischen den Sternen

Es waren einmal ein Mädchen und ein Junge, die sich versprachen, für immer zusammenzubleiben. Doch alles kam ganz anders …
Zehn Jahre sind vergangen, als Josy und Tim sich zufällig wiedertreffen. Josy ist inzwischen Angestellte in einer Werbeagentur, obwohl sie immer Fotografin werden wollte. Tim hingegen hat seinen Traum wahr gemacht, reist durch die Welt, schreibt darüber Berichte und betreibt erfolgreich sein eigenes Blog. Das unverhoffte Wiedersehen bringt Josys Gefühlswelt gehörig durcheinander, denn sie ist nicht mehr dieselbe wie einst mit siebzehn. Zusammen begeben sich die beiden auf eine Reise, die sie damals nicht beenden konnten …
Ein Buch über die große Liebe, über Träume und den Weg zwischen den Sternen, der alles miteinander verbindet und uns zeigt, dass die schönsten Märchen das Leben selbst schreibt.

Michelle Schrenk
Der Weg zwischen den Sternen
ISBN 978-3-942790-23-9

Printed in Poland
by Amazon Fulfillment
Poland Sp. z o.o., Wrocław

56923322R00117